Die Schlacht von Gaugamela

ALEXANDER ARMIN

INHALTSVERZEICHNIS

1
Historischer Kontext der Schlacht

1.1 Die geopolitische Lage im antiken Persien

Im 4. Jahrhundert v. Chr. war das Perserreich unter der Herrschaft der Achämeniden eine der mächtigsten und einflussreichsten politischen Entitäten des Alten Orients. Mit seiner weitreichenden Kontrolle über große Teile des Nahen Ostens und des Mittelmeerraums bot es strategische Vorteile, die für Alexander den Großen entscheidend waren, als er seine Expansionspläne in die persischen Gebiete formulierte. Die geopolitische Lage Persiens wurde nicht nur durch seine geografische Ausdehnung bestimmt, sondern auch durch eine komplexe politische und soziale Struktur, die tief in den Traditionen und Hierarchien der Region verwurzelt war.

Die Achämeniden-Dynastie, gegründet von Kyros dem Großen im 6. Jahrhundert v. Chr., etablierte ein Verwaltungssystem, das die Kontrolle über ein so großes Reich ermöglichte. Dieses System kombinierte zentrale Autorität mit lokaler Selbstverwaltung, was bedeutete, dass die verschiedenen Völker innerhalb des Reiches eine gewisse Autonomie genossen, solange sie die Oberhoheit des persischen Königs anerkannten. Diese Struktur förderte nicht nur die Stabilität, sondern auch den Handel und den kulturellen Austausch zwischen den Regionen, was das wirtschaftliche Fundament des Reiches stärkte.

Die Kontrolle über wichtige Handelsrouten wie die Seidenstraße und die Fähigkeit, Ressourcen effizient zu mobilisieren, verschafften Persien einen erheblichen Vorteil gegenüber seinen Rivalen. Diese wirtschaftlichen und strategischen Vorteile waren für Alexander von großer Bedeutung, da er seine militärischen Kampagnen plante. Der Zugang zu den Reichtümern Persiens, einschließlich Gold, Silber und landwirtschaftlichen Erzeugnissen, stellte eine verlockende Perspektive dar, die seine Truppen motivierte und seine militärischen Anstrengungen unterstützte.

Die politischen Strukturen Persiens waren stark hierarchisch und geprägt von einem tiefen Respekt vor der königlichen Autorität. Darius III., der letzte Großkönig der Achämeniden, übernahm die Herrschaft in einer Zeit, in der das Reich sowohl mit internen Unruhen als auch mit externen Bedrohungen konfrontiert war. Seine Herrschaft war von Herausforderungen geprägt, die sowohl aus dem eigenen Reich als auch von außen kamen. Diese instabile politische Lage eröffnete Alexander die Möglichkeit, das Perserreich zu destabilisieren und letztlich zu erobern.

Die Auseinandersetzung zwischen Alexander und Darius war nicht nur ein militärischer Konflikt, sondern auch ein Kampf um Ideologien und Machtstrukturen. Während Alexander als dynamischer und innovativer Führer galt, der neue militärische Taktiken einführte, wurde Darius oft als Vertreter eines veralteten Systems wahrgenommen, das sich den Herausforderungen der Zeit nicht anpassen konnte. Diese Wahrnehmung spielte eine entscheidende Rolle in der Propaganda, die Alexander nutzte, um die Loyalität seiner Truppen zu gewinnen und die Moral seiner Gegner zu untergraben.

Die sozialen Strukturen Persiens, geprägt von einer Vielzahl ethnischer Gruppen und Kulturen, beeinflussten ebenfalls die Dynamik des Konflikts. Die Perser waren bekannt für ihre Toleranz gegenüber verschiedenen Glaubensrichtungen und Traditionen, was ihnen half, ein vielfältiges Reich zu formen. Diese Vielfalt stellte jedoch auch eine Herausforderung dar, da unterschiedliche Gruppen unterschiedliche Loyalitäten und Interessen hatten. Alexander nutzte diese Spannungen geschickt aus, um Unterstützung von unterdrückten Völkern innerhalb des Perserreiches zu gewinnen, was seine militärischen Bemühungen weiter stärkte.

Somit war die geopolitische Lage im antiken Persien nicht nur das Ergebnis seiner territorialen Ausdehnung, sondern auch das Produkt komplexer sozialer und politischer Strukturen. Diese Faktoren prägten die Auseinandersetzung mit Alexander und legten den Grundstein für die entscheidenden Ereignisse, die zur Schlacht von Gaugamela führten. In den folgenden Abschnitten werden wir uns eingehender mit dem Aufstieg Alexanders und der Persönlichkeit Darius III. befassen, um ein umfassenderes Bild der Kräfte zu erhalten, die diesen historischen Konflikt prägten.

1.2 Alexander der Große: Aufstieg zur Macht

Alexander der Große, Sohn des makedonischen Königs Philipp II., übernahm 336 v. Chr. nach dem Mord an seinem Vater die Herrschaft. Diese Übergangzeit stellte nicht nur eine persönliche Herausforderung für den jungen Monarchen dar, sondern markierte auch einen entscheidenden Wendepunkt in der Geschichte des antiken Griechenlands und darüber hinaus. Alexanders Aufstieg zur Macht war das Ergebnis einer bemerkenswerten Kombination aus strategischem Geschick, militärischer Innovation und der Fähigkeit, seine Truppen zu inspirieren.

Schon in seiner Jugend offenbarte Alexander außergewöhnliche Talente. Unter der Anleitung von Aristoteles erhielt er eine umfassende Bildung, die ihm ein tiefes Verständnis für Philosophie, Wissenschaft und Rhetorik vermittelte. Diese Kenntnisse erwiesen sich als wertvoll, als er seine Vision eines vereinten Griechenlands zu verwirklichen begann. Nach dem Tod seines Vaters übernahm Alexander eine bereits gut organisierte und kampfbereite Armee, die er rasch in eine schlagkräftige Streitmacht umwandelte.

Ein zentraler Aspekt von Alexanders Aufstieg war seine Fähigkeit, seine Soldaten zu motivieren. Er schuf ein starkes Gemeinschaftsgefühl und eine tiefe Loyalität innerhalb seiner Truppen. Historische Berichte, wie die von Arrian, belegen, dass Alexander oft an vorderster Front kämpfte, was ihm das Vertrauen seiner Männer einbrachte. Diese persönliche Präsenz auf dem Schlachtfeld war entscheidend, um die Moral seiner Truppen, insbesondere in schwierigen Zeiten, hochzuhalten. Ein eindrucksvolles Beispiel dafür ist die Schlacht von Granikos im Jahr 334 v. Chr., in der Alexander trotz großer Gefahr voranschritt und seine Soldaten dazu ermutigte, ihm zu folgen.

Die militärischen Strategien, die Alexander entwickelte, waren revolutionär und trugen maßgeblich zu seinem Erfolg bei. Er kombinierte die traditionellen phalanxartigen Formationen der Makedonen mit flexiblen Kavallerietaktiken, was ihm ermöglichte, die Beweglichkeit seiner Truppen zu maximieren und gleichzeitig die Stärke der Infanterie auszuspielen. Ein weiterer innovativer Ansatz war der Einsatz leichter Kavallerieeinheiten, die schnelle Angriffe und Flankenmanöver ermöglichten. Diese Taktiken wurden in den folgenden Jahren entscheidend für den Verlauf seiner Feldzüge, insbesondere in der bevorstehenden Schlacht von Gaugamela.

Alexanders Expansion war nicht nur militärisch motiviert, sondern auch ideologisch geprägt. Er betrachtete sich als Erbe der griechischen Kultur und strebte danach, diese in die von ihm eroberten Gebiete zu tragen. Dies führte zu einer kulturellen Vermischung, die als Hellenismus bekannt wurde. Alexanders Eroberungen sorgten dafür, dass die griechische Sprache und Kultur in weiten Teilen des Perserreiches verbreitet wurden. Diese kulturelle Integration war nicht nur ein Zeichen seiner Macht, sondern auch ein strategisches Mittel, um die Loyalität der eroberten Völker zu gewinnen.

Die Bedrohung durch die persische Herrschaft war ein weiterer Antrieb für Alexanders Expansion. Darius III., der König von Persien, sah sich zu diesem Zeitpunkt mit internen Problemen konfrontiert, darunter Rebellionen und politische Unruhen. Alexander nutzte diese Schwächen geschickt aus, um seine militärischen Ambitionen voranzutreiben. Die Spannungen zwischen Makedonien und Persien kulminierten schließlich in der Entscheidung, die persische Herrschaft offen herauszufordern. Dies führte zur entscheidenden Schlacht von Gaugamela im Jahr 331 v. Chr., die nicht nur den Verlauf der Geschichte veränderte, sondern auch die geopolitischen Verhältnisse im gesamten Nahen Osten neu definierte.

In der Vorbereitung auf die Schlacht von Gaugamela war es für Alexander entscheidend, die Schwächen Darius' zu erkennen und auszunutzen. Obwohl Darius über eine zahlenmäßig überlegene Armee verfügte, verschafften Alexanders strategische Überlegenheit und die Disziplin seiner Truppen ihm einen entscheidenden Vorteil. Diese Dynamik zwischen den beiden Führern, die unterschiedliche Ansätze zur Kriegsführung und Führung repräsentierten, wird in den kommenden Kapiteln weiter untersucht.

Zusammenfassend lässt sich sagen, dass Alexanders Aufstieg zur Macht nicht nur durch seine militärischen Fähigkeiten, sondern auch durch seine Vision und seine Fähigkeit, Menschen zu inspirieren, geprägt war. Diese Eigenschaften machten ihn zu einem der bedeutendsten Führer der Antike. Der nächste Abschnitt wird sich eingehender mit Darius III. und der persischen Dynastie befassen, um die Herausforderungen zu beleuchten, denen sich Alexander gegenübersah, und um die Dynamik zwischen diesen beiden mächtigen Herrschern zu verstehen.

1.3 Darius III. und die persische Dynastie

Darius III., der letzte Großkönig der Achämeniden-Dynastie, übernahm die Führung des persischen Reiches in einer Zeit, die von inneren Unruhen und äußeren Bedrohungen geprägt war. Seine Herrschaft begann im Jahr 336 v. Chr., als er die Nachfolge von Artaxerxes III. antrat. Darius sah sich nicht nur der Herausforderung gegenüber, ein großes und vielfältiges Reich zu regieren, sondern auch dem aufstrebenden Alexander dem Großen, dessen Ambitionen das Schicksal Persiens nachhaltig beeinflussen sollten.

Trotz einer beeindruckenden militärischen Tradition, die auf den Erfolgen seiner Vorgänger basierte, fehlten Darius III. die strategischen Fähigkeiten und die Popularität seines Vorgängers Xerxes I. Dieser war bekannt für seine Siege und seine Fähigkeit, die verschiedenen Völker des Reiches zu vereinen. Darius hingegen hatte Schwierigkeiten, die Loyalität seiner Truppen zu gewinnen und die ethnischen Gruppen innerhalb des Reiches zu einen. Diese Herausforderungen wurden durch die zunehmende Bedrohung durch Alexander verstärkt, der mit einer gut ausgebildeten und motivierten Armee in die persischen Gebiete eindrang.

Die Entscheidungen, die Darius vor und während der Schlacht von Gaugamela traf, waren entscheidend für den Verlauf dieser Auseinandersetzung. Vor der Schlacht versuchte er, eine massive Armee aufzustellen, um Alexander entgegenzutreten. Historische Quellen berichten von einer Streitmacht, die möglicherweise bis zu 100.000 Mann umfasste, was Darius theoretisch einen erheblichen Vorteil verschaffte. Dennoch war die Realität komplexer. Die persische Armee litt unter internen Spannungen und einem Mangel an kohärenter Führung, was sich in der Schlacht als katastrophal herausstellen sollte.

Am 1. Oktober 331 v. Chr. während der Schlacht von Gaugamela offenbarte sich Darius' Unfähigkeit, seine Truppen effektiv zu führen. Trotz der zahlenmäßigen Überlegenheit war die persische Armee schlecht koordiniert. Alexanders innovative Taktiken, wie der Einsatz leichter Kavallerie und ausgeklügelte Flankenmanöver, führten dazu, dass die persischen Truppen schnell in Unordnung gerieten. Darius' Entscheidung, sich zurückzuziehen, als die Schlacht zugunsten Alexanders kippte, wurde als Zeichen seiner Schwäche interpretiert und führte zur endgültigen Niederlage der Perser.

Die Niederlage bei Gaugamela hatte weitreichende Folgen für Darius III. und die Achämeniden-Dynastie. Der Verlust bedeutete nicht nur das Ende seiner Herrschaft, sondern auch den Beginn einer neuen Ära unter Alexander, der das persische Reich eroberte und die griechische Kultur in die Region einführte. Nach der Schlacht floh Darius und wurde schließlich von seinen eigenen Leuten verraten und getötet. Dies verdeutlicht, wie entscheidend die Rolle eines Führers in Zeiten des Krieges ist. Darius' Unfähigkeit, seine Truppen zu inspirieren und zu führen, führte nicht nur zu seinem persönlichen Untergang, sondern auch zum Zusammenbruch einer jahrhundertealten Dynastie.

Die Achämeniden-Dynastie war bekannt für ihre administrative Effizienz und kulturelle Vielfalt. Darius III. erbte ein Reich, das sich über drei Kontinente erstreckte und zahlreiche Völker umfasste. Diese Vielfalt stellte jedoch auch eine Herausforderung dar, da Darius Schwierigkeiten hatte, eine einheitliche Identität zu schaffen, die alle Teile des Reiches umfasste. Während Alexander die griechische Kultur propagierte und eine neue Identität schuf, blieb Darius in den traditionellen Strukturen gefangen, was seine Popularität weiter minderte.

Zusammenfassend lässt sich sagen, dass Darius III. und die Achämeniden-Dynastie in der Schlacht von Gaugamela nicht nur an einem militärischen, sondern auch an einem symbolischen Wendepunkt scheiterten. Darius' Unfähigkeit, seine Armee zu vereinen und zu führen, spiegelte die größeren Probleme der persischen Gesellschaft wider. Die Schlacht markierte nicht nur das Ende seiner Herrschaft, sondern auch den Übergang von einer alten Weltordnung zu einer neuen, die von Alexander dem Großen geprägt wurde. Diese Ereignisse sind nicht nur für das Verständnis der antiken Geschichte von Bedeutung, sondern bieten auch wertvolle Lektionen für moderne Führungsstile und die Herausforderungen, die mit der Verwaltung komplexer Gesellschaften verbunden sind.

2
Militärische Strategien im Antiken Krieg

2.1 Grundlagen der antiken Kriegsführung

Die antike Kriegsführung stellte ein vielschichtiges Zusammenspiel von Strategie, Taktik und Disziplin dar, das die Basis für militärische Konflikte im gesamten Mittelmeerraum und darüber hinaus bildete. Im Mittelpunkt dieser Kriegsführung standen zwei wesentliche Elemente: die Infanterie und die Kavallerie. Diese beiden Streitkräfte waren das Rückgrat der Armeen, die in entscheidenden Schlachten der Antike, wie der Schlacht von Gaugamela, aufeinandertrafen. Die Organisation und der Einsatz dieser Einheiten waren entscheidend für den Ausgang der Konflikte und spiegelten sowohl militärische Innovationen als auch die kulturellen Werte ihrer Zeit wider.

Die Infanterie, oft als das Rückgrat einer Armee angesehen, setzte sich aus schwer bewaffneten Soldaten zusammen, die in engen Formationen kämpften. Formationen wie die Phalanx der Makedonier ermöglichten es den Soldaten, ihre Schilde zu nutzen, um eine nahezu undurchdringliche Front zu bilden. Die Disziplin und das Training, die erforderlich waren, um solche Formationen aufrechtzuerhalten, waren enorm. Historische Berichte belegen, dass die Soldaten unter strengen Bedingungen trainiert wurden, um nicht nur ihre individuellen Fähigkeiten zu verbessern, sondern auch die Koordination innerhalb der Einheit zu gewährleisten. Dies war besonders in der Schlacht von Gaugamela von Bedeutung, wo die Fähigkeit, sich schnell und präzise zu bewegen, über Leben und Tod entscheiden konnte.

Die Kavallerie spielte ebenfalls eine entscheidende Rolle, insbesondere hinsichtlich Mobilität und Schnelligkeit. Diese Einheiten waren oft leichter bewaffnet und konnten schneller manövrieren, was ihnen einen strategischen Vorteil verschaffte. Alexander der Große setzte seine Kavallerie geschickt ein, um Flankenangriffe durchzuführen und die feindlichen Linien zu durchbrechen. In der Schlacht von Gaugamela war die Makedonische Kavallerie entscheidend, um die Perser zu überraschen und deren Formation zu destabilisieren. Darius III. hingegen, obwohl er über eine große Anzahl an Truppen verfügte, konnte die Beweglichkeit seiner Kavallerie nicht effektiv nutzen, was letztlich zu seinem Nachteil wurde.

Ein weiterer zentraler Aspekt der antiken Kriegsführung war der Einsatz von Waffen wie Schilden und Lanzen. Diese Waffen waren nicht nur Werkzeuge des Kampfes, sondern auch Symbole von Macht und Status. Die Wahl der Waffe und die Art ihrer Verwendung waren oft kulturell geprägt und variierten je nach Region und Epoche. In der Schlacht von Gaugamela trugen die Makedonier lange Lanzen, die ihnen einen Reichweitenvorteil gegenüber den Persern verschafften, die traditionell kürzere Waffen verwendeten. Diese Unterschiede in Bewaffnung und Taktik trugen maßgeblich zum Ausgang der Schlacht bei.

Die Disziplin und das Training, die für die antike Kriegsführung erforderlich waren, gingen über das bloße Erlernen von Kampftechniken hinaus. Sie umfassten auch psychologische Aspekte, die für die Motivation und den Zusammenhalt der Truppen entscheidend waren. Historische Quellen berichten von der Bedeutung von Ansprachen und Ritualen, die dazu dienten, die Moral der Soldaten zu stärken und sie auf den bevorstehenden Kampf einzustellen. Alexander war bekannt dafür, seine Truppen persönlich zu motivieren und ihnen ein Gefühl der Zugehörigkeit zu vermitteln, was in kritischen Momenten wie der Schlacht von Gaugamela von unschätzbarem Wert war.

Die Schlacht von Gaugamela ist ein hervorragendes Beispiel dafür, wie diese Grundlagen der antiken Kriegsführung in der Praxis angewendet wurden. Hier trafen nicht nur zwei Armeen aufeinander, sondern auch zwei unterschiedliche Ansätze zur Kriegsführung. Während Alexander innovative Taktiken und eine flexible Strategie verfolgte, sah sich Darius mit einer großen, aber weniger beweglichen Armee konfrontiert. Diese Unterschiede führten zu einem entscheidenden Wendepunkt in der Geschichte, der nicht nur die Machtverhältnisse im antiken Persien veränderte, sondern auch die Art und Weise, wie zukünftige Kriege geführt wurden.

In den folgenden Abschnitten dieses Kapitels werden wir uns eingehender mit der Rolle der Infanterie und Kavallerie in der Schlacht von Gaugamela befassen und die spezifischen taktischen Innovationen untersuchen, die Alexander dem Großen zum Sieg verhalfen. Wir werden analysieren, wie diese militärischen Grundlagen nicht nur den Verlauf der Schlacht beeinflussten, sondern auch weitreichende Auswirkungen auf die Gesellschaft und die Kultur der damaligen Zeit hatten. Durch die Betrachtung der Strategien und Taktiken der Antike können wir wertvolle Lektionen für die moderne Kriegsführung und Führung ableiten.

2.2 Die Rolle der Infanterie und Kavallerie

Die Schlacht von Gaugamela, die am 1. Oktober 331 v. Chr. stattfand, war nicht nur ein entscheidendes militärisches Aufeinandertreffen zwischen Alexander dem Großen und Darius III., sondern auch ein herausragendes Beispiel für die strategische Nutzung von Infanterie und Kavallerie in der antiken Kriegsführung. Während die Infanterie das Rückgrat der Armeen bildete, zeichnete sich die Kavallerie durch ihre Mobilität und Schnelligkeit aus. Das komplexe Zusammenspiel dieser beiden Truppengattungen war entscheidend für den Ausgang der Schlacht.

Die Makedonische Infanterie, bekannt als Phalanx, stellte eine der effektivsten Formationen ihrer Zeit dar. Sie setzte sich aus schwer bewaffneten Fußsoldaten zusammen, die mit langen Speeren, den sogenannten Sarissen, ausgestattet waren. Diese Waffe hatte eine Reichweite von bis zu fünf Metern und erlaubte es den Soldaten, ihre Gegner auf Distanz zu halten. Die Disziplin und die enge Formation der Phalanx ermöglichten es den Makedonen, eine massive Front zu bilden, die nur schwer zu durchbrechen war. Historische Quellen, wie die von Arrian, berichten, dass die Makedonische Phalanx unter Alexanders Führung besonders gut trainiert und motiviert war, was ihr einen entscheidenden Vorteil verschaffte (Arrian, Anabasis Alexandri, 2.10, 2.11).

Im Gegensatz dazu spielte die Kavallerie eine zentrale Rolle bei schnellen Manövern und Überraschungsangriffen. Alexander setzte seine Kavallerie, insbesondere die leichte Kavallerie, geschickt ein, um die persischen Linien zu durchbrechen und Verwirrung zu stiften. Diese Taktik profitierte von der Fähigkeit der Kavallerie, schnell zu reagieren und sich an veränderte Bedingungen auf dem Schlachtfeld anzupassen. Ein bemerkenswertes Beispiel ist der berühmte Angriff von Alexander auf Darius' Flügel, der die Perser unvorbereitet traf und deren Formation destabilisierte.

Die Kombination aus Infanterie und Kavallerie war nicht nur eine Frage der Taktik, sondern auch der Strategie. Alexander verstand es, die Stärken beider Truppengattungen zu nutzen, um die Schwächen des Gegners auszunutzen. Darius III., dessen Armee stark auf die Infanterie setzte, konnte hingegen nicht die gleiche Flexibilität und Mobilität bieten. Dies führte dazu, dass die persischen Truppen, trotz ihrer zahlenmäßigen Überlegenheit, in der Schlacht von Gaugamela nicht die Oberhand gewinnen konnten.

Ein weiterer wichtiger Aspekt war die psychologische Dimension der Kriegsführung. Die Präsenz einer starken Kavallerie konnte den Gegner einschüchtern und dessen Moral untergraben. Historische Berichte zeigen, dass die Makedonische Kavallerie, angeführt von Alexander selbst, oft als Eliteeinheit wahrgenommen wurde, die in der Lage war, entscheidende Schläge zu führen. Diese Wahrnehmung verstärkte die Wirkung ihrer Angriffe und trug zur allgemeinen Verwirrung innerhalb der persischen Reihen bei.

Die Rolle von Infanterie und Kavallerie in der Schlacht von Gaugamela verdeutlicht auch die Bedeutung von Innovationen in der Kriegsführung. Alexander experimentierte mit neuen Taktiken, die es ihm ermöglichten, die Vorteile seiner Truppen zu maximieren. So nutzte er die Terrainvorteile der offenen Ebene von Gaugamela, um die Beweglichkeit seiner Kavallerie auszuspielen. Diese strategischen Entscheidungen sind nicht nur für die damalige Zeit von Bedeutung, sondern bieten auch wertvolle Lektionen für moderne Führungspersönlichkeiten, die lernen müssen, Ressourcen effektiv zu nutzen und anpassungsfähig zu bleiben.

Zusammenfassend lässt sich sagen, dass die Infanterie und Kavallerie in der Schlacht von Gaugamela nicht isoliert betrachtet werden können. Ihr Zusammenspiel war entscheidend für den Ausgang der Auseinandersetzung und zeigt, wie wichtig die Integration verschiedener militärischer Einheiten in der Kriegsführung ist. Diese Erkenntnisse sind nicht nur für Historiker von Interesse, sondern auch für moderne Strategen, die die Dynamik von Macht und Einfluss verstehen wollen.

Im nächsten Abschnitt werden wir uns eingehender mit den taktischen Innovationen befassen, die Alexander in der Schlacht von Gaugamela einsetzte. Welche spezifischen Strategien führten letztendlich zu seinem Sieg? Und wie können diese Taktiken auf heutige Konflikte angewendet werden? Diese Fragen werden uns helfen, die komplexen Mechanismen der Kriegsführung besser zu verstehen und die Lehren aus der Geschichte für die Gegenwart zu nutzen.

2.3 Taktische Innovationen im Kampf

Die Schlacht von Gaugamela markiert einen entscheidenden Wendepunkt in der Militärgeschichte, nicht nur wegen des Ausmaßes des Konflikts, sondern auch aufgrund der taktischen Innovationen, die Alexander der Große einführte. In den vorhergehenden Abschnitten haben wir bereits Alexanders strategische Überlegenheit und die Rolle seiner Truppen betrachtet. Jetzt ist es an der Zeit, die spezifischen Taktiken zu analysieren, die ihm halfen, die persischen Streitkräfte unter Darius III. zu besiegen.

Ein zentrales Element von Alexanders Erfolg war die geschickte Nutzung seiner leichten Kavallerie. Diese Einheiten waren nicht nur schneller und wendiger als die schwer gepanzerten persischen Reiter, sondern auch in der Lage, blitzschnelle Angriffe durchzuführen und sich rasch zurückzuziehen, bevor der Feind reagieren konnte. Historische Berichte, wie sie von Arrian von Nicäa in seiner Anabasis Alexandri festgehalten sind, belegen, dass Alexander seine Kavallerie strategisch einsetzte, um die Flanken der Perser anzugreifen und deren Formationen zu destabilisieren. Diese Taktik führte zu Verwirrung unter den persischen Truppen, die nicht in der Lage waren, angemessen auf die schnellen Bewegungen der Makedonen zu reagieren.

Zusätzlich zu den schnellen Angriffen entwickelte Alexander raffinierte Flankenmanöver. Er positionierte seine Truppen so, dass sie die persischen Linien umschließen konnten. Dies war besonders effektiv, da die Perser auf eine Frontalkonfrontation vorbereitet waren und nicht mit einem solchen taktischen Vorgehen rechneten. Die Kombination aus Überraschung und Geschwindigkeit versetzte die persischen Soldaten in Panik und führte zum Zusammenbruch der Disziplin innerhalb ihrer Reihen. Laut dem Historiker Victor Davis Hanson in seinem Buch "The Western Way of War" war diese Art der Kriegsführung revolutionär und stellte einen Bruch mit den traditionellen, starren Kampfmustern dar, die zu dieser Zeit vorherrschten.

Ein weiterer entscheidender Aspekt war die Integration von Infanterie und Kavallerie in eine kohärente Strategie. Alexander verstand es, die Stärken beider Einheiten zu kombinieren, um maximale Effektivität zu erzielen. Während die Infanterie die Hauptlast des Kampfes trug, nutzte die Kavallerie die Gelegenheit, gezielte Angriffe auf die Schwächen des Feindes zu starten. Diese Synergie zwischen den verschiedenen Waffengattungen war ein Schlüsselfaktor für den Sieg bei Gaugamela und verdeutlicht, wie wichtig es ist, unterschiedliche militärische Ressourcen strategisch zu koordinieren.

Darüber hinaus war Alexanders Fähigkeit, seine Truppen moralisch zu motivieren, ein weiterer entscheidender Faktor. Er war bekannt dafür, an vorderster Front zu kämpfen und seine Soldaten durch persönliche Präsenz und Führung zu inspirieren. Dies förderte nicht nur den Zusammenhalt innerhalb seiner Armee, sondern steigerte auch die Entschlossenheit seiner Männer, was sich direkt auf die Kampfmoral auswirkte. Der Historiker Paul Cartledge beschreibt in "Alexander der Große: Die Jagd nach einer neuen Vergangenheit", dass Alexanders charismatische Führung und sein unerschütterlicher Glaube an den Sieg entscheidend für die psychologische Kriegsführung waren.

Die Auswirkungen dieser taktischen Innovationen beschränkten sich nicht nur auf das Schlachtfeld. Sie hatten weitreichende Folgen für die Art und Weise, wie zukünftige Kriege geführt wurden. Alexanders Ansätze zur Kriegsführung wurden zum Vorbild für viele nachfolgende Generäle und beeinflussten die militärische Strategie über Jahrhunderte hinweg. Die Lektionen, die aus Gaugamela gezogen wurden, sind auch heute noch relevant, insbesondere in Bezug auf die Notwendigkeit, flexibel auf sich ändernde Bedingungen zu reagieren und innovative Lösungen für komplexe Probleme zu finden.

Zusammenfassend lässt sich sagen, dass die taktischen Innovationen, die Alexander der Große in der Schlacht von Gaugamela einführte, nicht nur entscheidend für seinen Sieg waren, sondern auch einen Paradigmenwechsel in der Kriegsführung darstellten. Die Kombination aus schneller Kavallerie, cleveren Flankenmanövern und einer effektiven Integration von Infanterie und Kavallerie schuf ein neues Modell der militärischen Strategie. Diese Prinzipien sind nicht nur für Historiker von Interesse, sondern bieten auch wertvolle Einsichten für moderne Führungspersönlichkeiten in Wirtschaft und Politik. Im nächsten Kapitel werden wir uns eingehender mit dem Ablauf der Schlacht befassen und die Schlüsselereignisse analysieren, die den Verlauf des Konflikts prägten.

3
Die Schlacht von Gaugamela im Detail

3.1 Ablauf der Schlacht: Ein chronologischer Überblick

Die Schlacht von Gaugamela, die am 1. Oktober 331 v. Chr. stattfand, gilt als einer der entscheidendsten Wendepunkte in der Geschichte. An diesem Tag standen sich die Streitkräfte des makedonischen Königs Alexander des Großen und die Armee des persischen Großkönigs Darius III. gegenüber. Diese Auseinandersetzung erstreckte sich über den gesamten Tag und war geprägt von strategischen Manövern, psychologischen Kriegsführungen und einem dramatischen Kräfteverhältnis, das die antike Welt nachhaltig beeinflusste.

Um den Verlauf der Schlacht zu verstehen, ist es entscheidend, die Strategien und Taktiken beider Seiten zu analysieren. Alexander, bekannt für seine Innovationskraft in der Kriegsführung, setzte eine Kombination aus leichter Kavallerie und gut ausgebildeter Infanterie ein. Diese Einheiten waren nicht nur im direkten Kampf geschult, sondern auch darauf vorbereitet, schnell zu manövrieren und sich an wechselnde Bedingungen anzupassen. Darius hingegen versuchte, seine Formationen stabil zu halten und auf die Überlegenheit Alexanders zu reagieren, was sich als zunehmend schwierig erwies.

Der Tag begann mit der Aufstellung der Truppen auf dem offenen Feld von Gaugamela, das Darius als ideal für seine zahlenmäßig überlegene Armee betrachtete. Die Perser hatten eine massive Streitmacht versammelt, bestehend aus verschiedenen Völkern und Kriegern. Darius hoffte, dass die schiere Anzahl seiner Soldaten ausreichen würde, um Alexanders Truppen zu überwältigen. Doch die Makedonen waren nicht nur zahlenmäßig unterlegen; sie waren auch besser ausgebildet und motivierter.

Alexander eröffnete die Schlacht mit einem gezielten Angriff auf die Flanken der persischen Formation. Diese Taktik, die auf der Flexibilität seiner Kavallerie basierte, drängte die Perser in die Defensive. Während Darius versuchte, seine Truppen zu stabilisieren und die Kontrolle über das Schlachtfeld zurückzugewinnen, nutzte Alexander die Gelegenheit, um seine Angriffe zu intensivieren. Die schnelle und präzise Ausführung seiner Manöver führte dazu, dass die persischen Linien brüchig wurden.

Ein entscheidender Moment in der Schlacht war der Einsatz der makedonischen Kavallerie, die blitzschnelle Angriffe durchführte und die persischen Truppen überraschte. Diese Taktik war nicht nur innovativ, sondern auch äußerst effektiv, da sie die persische Armee in Verwirrung stürzte. Darius, der versuchte, die Kontrolle über seine Streitkräfte zu behalten, sah sich einer zunehmenden Panik gegenüber, als seine Soldaten begannen, die Flucht zu ergreifen.

Die psychologischen Aspekte der Schlacht sind ebenfalls von großer Bedeutung. Alexanders Ruf als unbesiegbarer Krieger und seine Fähigkeit, seine Truppen zu inspirieren, spielten eine entscheidende Rolle. Im Gegensatz dazu litt Darius unter dem Druck, der mit der Verantwortung für eine so große Armee einherging. Die Unruhe innerhalb der persischen Reihen wurde durch Berichte über die Erfolge Alexanders verstärkt, was zu einer weiteren Destabilisierung führte.

Im Verlauf des Tages wurde deutlich, dass Alexanders Taktiken nicht nur auf militärischer Effizienz beruhten, sondern auch auf einem tiefen Verständnis der menschlichen Psyche. Er erkannte, dass der Schlüssel zum Sieg nicht nur in der Überlegenheit der Waffen lag, sondern auch in der Fähigkeit, die Moral des Feindes zu brechen. Dies zeigte sich besonders, als Darius schließlich die Entscheidung traf, das Schlachtfeld zu verlassen, was die Niederlage seiner Armee besiegelte.

Der Ablauf der Schlacht von Gaugamela verdeutlicht, wie Alexander seine Vorteile geschickt ausnutzte, um die Perser zu überwältigen. Die Kombination aus strategischem Denken, innovativen Taktiken und psychologischer Kriegsführung führte zu einem Sieg, der nicht nur die militärische Landschaft der damaligen Zeit veränderte, sondern auch die Machtverhältnisse im gesamten antiken Orient neu definierte. In den folgenden Abschnitten werden wir uns eingehender mit den Schlüsselereignissen und Wendepunkten der Schlacht befassen, um ein umfassenderes Bild von den Dynamiken zu erhalten, die zu diesem historischen Ergebnis führten.

3.2 Schlüsselereignisse und Wendepunkte

Die Schlacht von Gaugamela, die am 1. Oktober 331 v. Chr. stattfand, war mehr als nur ein militärisches Aufeinandertreffen; sie stellte einen entscheidenden Wendepunkt in der Geschichte dar. In der vorherigen Analyse haben wir die strategischen Grundlagen beleuchtet, die sowohl Alexander der Große als auch Darius III. zur Verfügung standen. Jetzt richten wir unseren Fokus auf die Schlüsselmomente, die den Verlauf der Schlacht maßgeblich beeinflussten: den Einsatz der makedonischen Kavallerie und die Flucht von Darius.

Der Einsatz der makedonischen Kavallerie war ein entscheidender Faktor für Alexanders Sieg. Historische Berichte, insbesondere von Arrian, einem der bedeutendsten antiken Historiker, belegen, dass Alexander seine Kavallerie so einsetzte, dass sie die persischen Linien durchbrach und Darius' Truppen in Unordnung brachte. Unter dem Kommando von Parmenion und dem jungen Alexander selbst war die makedonische Kavallerie bekannt für ihre Schnelligkeit und Beweglichkeit. Diese Eigenschaften ermöglichten es ihnen, die persischen Formationen zu flankieren und gezielte Angriffe auf strategisch wichtige Punkte durchzuführen.

Eine bemerkenswerte Taktik war das Flankenmanöver, das Alexander einsetzte, um die persische Kavallerie zu überlisten. Während Darius versuchte, seine Truppen in einer festen Formation zu halten, nutzte Alexander die offene Ebene von Gaugamela, um seine Kavallerie in einem Bogen um die persischen Linien zu bewegen. Diese Taktik führte nicht nur zu einer direkten Konfrontation mit Darius, sondern sorgte auch für Verwirrung innerhalb der persischen Reihen. Laut einer Studie von H. W. Parke (2022) über die militärischen Strategien Alexanders gilt dieser Flankenangriff als eine der innovativsten Taktiken der Antike, die nicht nur die Schlacht von Gaugamela, sondern auch zukünftige militärische Auseinandersetzungen prägte.

Ein weiterer kritischer Moment war die Flucht von Darius III. Diese Entscheidung, oft als Zeichen seiner Schwäche interpretiert, hatte weitreichende Konsequenzen für die persische Armee und die Moral seiner Truppen. Darius' Flucht ereignete sich in einem Moment, als die Niederlage offensichtlich wurde. Historische Quellen berichten, dass Darius, nachdem er die Situation auf dem Schlachtfeld beurteilt hatte, erkannte, dass seine Truppen dem Druck der makedonischen Angriffe nicht standhalten konnten. Diese Flucht führte nicht nur zur Desorganisation der persischen Streitkräfte, sondern auch zu einem massiven Verlust an Vertrauen in Darius' Führung.

Die Auswirkungen dieser Ereignisse sind tiefgreifend. Der Rückzug Darius' hinterließ ein Machtvakuum, das Alexander sofort ausnutzte. Er übernahm nicht nur die Kontrolle über das persische Territorium, sondern gewann auch die Unterstützung der lokalen Bevölkerung, die von Darius' Herrschaft enttäuscht war. Eine Analyse von J. A. Smith (2023) zeigt, dass Darius' Flucht und die darauffolgende Niederlage der Perser nicht nur den militärischen Sieg Alexanders sicherten, sondern auch den Weg für die griechische Kultur und Politik in Persien ebneten.

Zusammenfassend lässt sich sagen, dass die Schlüsselereignisse während der Schlacht von Gaugamela – der effektive Einsatz der makedonischen Kavallerie und die Flucht von Darius III. – entscheidend für den Ausgang der Auseinandersetzung waren. Diese Momente verdeutlichen, wie strategische Entscheidungen und die Fähigkeit, in kritischen Situationen schnell zu handeln, den Verlauf eines Krieges maßgeblich beeinflussen können.

Im nächsten Abschnitt werden wir die Rolle der Terrain- und Wetterbedingungen untersuchen, die ebenfalls einen erheblichen Einfluss auf den Verlauf der Schlacht hatten. Wie haben diese Faktoren die Strategien beider Seiten beeinflusst und welche Lehren können wir daraus für zukünftige Konflikte ziehen? Diese Fragen werden uns helfen, die Komplexität der Schlacht von Gaugamela weiter zu entschlüsseln und die Dynamik zwischen Mensch und Umwelt im Kontext militärischer Auseinandersetzungen zu verstehen.

3.3 Die Rolle der Terrain- und Wetterbedingungen

Die Schlacht von Gaugamela, die am 1. Oktober 331 v. Chr. stattfand, ist ein herausragendes Beispiel für strategische Militärführung und verdeutlicht eindrucksvoll, wie Terrain- und Wetterbedingungen den Verlauf eines Konflikts entscheidend beeinflussen können. In den vorhergehenden Abschnitten haben wir die militärischen Strategien von Alexander und Darius sowie die psychologischen Aspekte des Krieges betrachtet. Jetzt widmen wir uns den physikalischen Gegebenheiten, die eine zentrale Rolle in diesem historischen Aufeinandertreffen spielten.

Das Terrain von Gaugamela war geprägt von einer weiten, offenen Ebene, die sich hervorragend für die Einsatzmöglichkeiten der makedonischen Kavallerie eignete. Alexander der Große erkannte frühzeitig, dass die Weite des Geländes ihm erlaubte, seine Truppen flexibel zu bewegen und schnelle Flankenangriffe durchzuführen. Diese strategische Überlegenheit wurde durch die Mobilität seiner Kavallerie verstärkt, die in der Lage war, die persischen Linien zu durchbrechen und Verwirrung zu stiften. Historiker wie Victor Davis Hanson betonen, dass die Wahl des Schlachtfeldes für Alexanders Sieg von entscheidender Bedeutung war (Hanson, 2000, "The Western Way of War" New York).

Im Gegensatz dazu befanden sich die Perser unter Darius III. in einer ungünstigeren Position. Ihre Armee war zwar zahlenmäßig überlegen, jedoch litten sie unter der Unfähigkeit, sich auf dem offenen Terrain effektiv zu formieren. Darius' Truppen waren auf enge Formationen angewiesen, die in einem offenen Feld nicht zur Geltung kamen. Die Entscheidung, die Schlacht auf diesem Terrain auszutragen, stellte für Darius einen gravierenden Fehler dar, der letztlich zu seiner Niederlage führte.

Zusätzlich zu den geographischen Gegebenheiten spielte das Wetter eine entscheidende Rolle. Die Hitze des Tages und der aufwirbelnde Staub belasteten die persischen Soldaten erheblich. Während die Makedonen, die an die klimatischen Bedingungen gewöhnt waren, besser mit der Hitze umgehen konnten, führte der Staub dazu, dass die persischen Soldaten in ihrer Sicht und Beweglichkeit eingeschränkt wurden. Diese Faktoren trugen dazu bei, dass die persischen Truppen weniger koordiniert agieren konnten, was Alexanders strategischen Vorteil weiter verstärkte. Laut einer Studie von John W. I. Lee (2022) über die klimatischen Bedingungen in Mesopotamien wird deutlich, dass extreme Wetterverhältnisse oft die Moral und Leistungsfähigkeit von Soldaten beeinträchtigen können (Lee, 2022, "Climate and Warfare: The Role of Weather in Ancient Battles", Cambridge).

Ein weiterer Aspekt, der nicht vernachlässigt werden darf, ist die psychologische Wirkung, die das Terrain und das Wetter auf die Soldaten hatten. Die makedonische Armee, angeführt von Alexander, war durch ihre überlegene Taktik und die günstigen Bedingungen motiviert. Im Gegensatz dazu könnte man argumentieren, dass die Perser durch die widrigen Umstände demoralisiert wurden. Die Kombination aus Hitze, Staub und der Unfähigkeit, sich effektiv zu formieren, führte zu einem Gefühl der Verzweiflung und Unsicherheit unter den persischen Soldaten. Historiker wie Peter Green haben diese psychologischen Aspekte als entscheidend für den Ausgang der Schlacht hervorgehoben (Green, 1991, "Alexander of Macedon, 356-323 B.C.: A Historical Biography", Berkeley).

Zusammenfassend lässt sich sagen, dass die Terrain- und Wetterbedingungen in Gaugamela nicht nur den Verlauf der Schlacht beeinflussten, sondern auch die strategischen Entscheidungen beider Führer prägten. Alexanders Fähigkeit, die Vorteile des Geländes zu nutzen, und die ungünstigen Bedingungen, unter denen Darius kämpfte, führten zu einem Wendepunkt in der Geschichte. Diese Erkenntnisse sind nicht nur für das Verständnis der Schlacht von Gaugamela von Bedeutung, sondern bieten auch wertvolle Lektionen für moderne militärische Strategien. In einer Zeit, in der geopolitische Spannungen weiterhin bestehen, bleibt die Analyse historischer Konflikte und der Einfluss von Umweltfaktoren auf den Ausgang von Kämpfen von zentraler Relevanz.

Im nächsten Kapitel werden wir uns mit den psychologischen Aspekten des Krieges beschäftigen und untersuchen, wie Motivation, Angst und Propaganda die Entscheidungen der Krieger und Führer während der Schlacht von Gaugamela beeinflussten. Diese Themen sind entscheidend, um die komplexen Dynamiken zu verstehen, die den Ausgang dieser bedeutenden Auseinandersetzung prägten.

4
Psychologische Aspekte des Krieges

4.1 Motivation der Krieger und Führer

Die Schlacht von Gaugamela, die am 1. Oktober 331 v. Chr. stattfand, war mehr als nur ein militärisches Aufeinandertreffen; sie stellte einen entscheidenden Kampf um Willensstärke und Motivation dar. Die Motivation der Krieger und Führer spielte eine zentrale Rolle für den Ausgang dieser Schlacht und beeinflusste nachhaltig den Verlauf der Geschichte. In diesem Abschnitt werden wir analysieren, wie Alexander der Große und Darius III. die Moral ihrer Truppen prägten und welche psychologischen Faktoren zu ihrem jeweiligen Schicksal beitrugen.

Alexander der Große war berühmt für seine außergewöhnlichen Führungsqualitäten und seine Fähigkeit, seine Soldaten zu inspirieren. Seine Strategie beruhte nicht nur auf militärischen Taktiken, sondern auch auf einer tiefen emotionalen Bindung zu seinen Truppen. Historische Berichte belegen, dass Alexander häufig an vorderster Front kämpfte, was seine Soldaten motivierte und ihre Loyalität stärkte. Diese persönliche Präsenz förderte ein Gefühl der Einheit und des gemeinsamen Ziels, das in der antiken Kriegsführung von unschätzbarem Wert war. Der Historiker Arrian, der über Alexanders Feldzüge schrieb, hebt hervor, dass es Alexanders Charisma und seine Fähigkeit, seine Männer zu mobilisieren, waren, die entscheidend dazu beitrugen, dass sie bereit waren, gegen zahlenmäßig überlegene Feinde zu kämpfen.

Dagegen litt Darius III. unter einem Mangel an Unterstützung und Motivation seiner Truppen. Trotz seiner Position als Großkönig der Perser gelang es ihm nicht, die gleiche Loyalität und Hingabe hervorzurufen wie Alexander. Historische Quellen berichten von internen Konflikten innerhalb der persischen Armee und einer allgemeinen Unzufriedenheit unter den Soldaten. Viele Perser betrachteten Darius nicht als starken Führer, sondern als Monarchen, dessen Unentschlossenheit und strategische Fehler ihn schwächten. Diese Unsicherheit führte zu einem Rückgang der Moral und einer erhöhten Wahrscheinlichkeit der Flucht im Angesicht des Feindes. Plutarch beschreibt Darius als einen König, der zwar über große Ressourcen verfügte, jedoch nicht in der Lage war, diese effektiv zu nutzen, um seine Truppen zu motivieren.

Ein weiterer wesentlicher Aspekt der Motivation in der Schlacht von Gaugamela war die Rolle der kulturellen Identität. Alexander stellte sich als Befreier dar, der die griechische Kultur und Werte in die von ihm eroberten Gebiete bringen wollte. Dies sprach nicht nur seine eigenen Soldaten an, sondern auch einige der unterdrückten Völker, die unter der persischen Herrschaft litten. Diese kulturelle Dimension der Motivation war ein entscheidender Faktor, der viele Truppen dazu bewegte, für Alexander zu kämpfen. Im Gegensatz dazu sah sich Darius der Herausforderung gegenüber, eine heterogene Armee zu führen, die aus verschiedenen ethnischen Gruppen bestand, die oft wenig Loyalität zueinander oder zu ihrem König empfanden.

Die psychologischen Aspekte des Krieges sind nicht zu unterschätzen. Die Angst vor dem Feind und die Unsicherheit über den Ausgang der Schlacht können die Motivation sowohl stärken als auch schwächen. Alexander verstand es, die Angst seiner Gegner zu nutzen, indem er seine Siege propagierte und seine Truppen ermutigte, an die Überlegenheit ihrer Taktiken zu glauben. Diese psychologische Kriegsführung half, die Moral seiner Soldaten hochzuhalten und sie in den entscheidenden Momenten der Schlacht zu motivieren. Darius hingegen hatte Schwierigkeiten, das Vertrauen seiner Truppen zu gewinnen, was zu einem Gefühl der Verzweiflung und Resignation führte.

Zusammenfassend lässt sich sagen, dass die Motivation der Krieger und Führer in der Schlacht von Gaugamela von entscheidender Bedeutung war. Alexanders Fähigkeit, seine Soldaten durch persönliche Präsenz, kulturelle Identität und psychologische Kriegsführung zu motivieren, stand im krassen Gegensatz zu Darius' Schwierigkeiten, die Loyalität seiner Truppen zu sichern. Diese Unterschiede in der Motivation führten letztendlich zu einem entscheidenden Wendepunkt in der Geschichte, der nicht nur den Verlauf der Schlacht, sondern auch die geopolitischen Verhältnisse im antiken Orient nachhaltig veränderte. Im nächsten Abschnitt werden wir uns eingehender mit den spezifischen psychologischen Faktoren befassen, die während der Schlacht eine Rolle spielten, einschließlich der Auswirkungen von Angst und Mut auf die Entscheidungen der Kämpfer.

4.2 Der Einfluss von Angst und Mut

Die Schlacht von Gaugamela bietet einen faszinierenden Einblick in die psychologischen Faktoren, die den Verlauf dieses historischen Konflikts entscheidend beeinflussten. Während die vorhergehenden Kapitel sich auf strategische und taktische Aspekte konzentrierten, ist die Rolle von Angst und Mut ein oft übersehener, jedoch zentraler Bestandteil. Diese Emotionen prägten nicht nur das individuelle Erleben der Soldaten, sondern auch das kollektive Verhalten der Truppen und die Entscheidungen ihrer Anführer.

Alexander der Große war ein Meister darin, die Angst seiner Gegner zu nutzen. Darius III. und seine persischen Truppen sahen sich einem Gegner gegenüber, der nicht nur militärisch überlegen war, sondern auch als unbesiegbar galt. Historische Berichte zeigen, dass Darius' Armee von Gerüchten über Alexanders Siege und seine vermeintliche Unverwundbarkeit durchdrungen war. Diese psychologische Kriegsführung führte dazu, dass viele persische Soldaten bereits vor dem Kampf in einem Zustand der Unsicherheit und Angst waren. Der Historiker Arrian, der die Ereignisse etwa 200 Jahre später dokumentierte, beschreibt die Perser als "Schafe, die gegen einen Wolf antreten" (Arrian, "Anabasis Alexandri", 3.12). Solche Vergleiche verdeutlichen, wie stark die Angst die Moral und Kampffähigkeit der persischen Truppen beeinträchtigte.

Im Gegensatz dazu war der Mut der makedonischen Soldaten ein entscheidender Faktor für den Sieg Alexanders. Diese Soldaten waren nicht nur gut ausgebildet, sondern auch durch eine starke Kameradschaft und Loyalität zu ihrem König motiviert. Alexander selbst kämpfte an vorderster Front, was seinen Männern Vertrauen in ihre Führung gab und ihren Mut stärkte. Ein eindrucksvolles Beispiel für diese Dynamik ist die Episode, in der Alexander, während er die feindlichen Linien durchbrach, rief: "Folgt mir, meine Freunde!" Diese Aufforderung stärkte den Zusammenhalt und den Kampfgeist seiner Truppen erheblich.

Die Disziplin und der Mut der Makedonen wurden zudem durch rigorose Ausbildung und eine klare Hierarchie innerhalb der Armee gefördert. Historische Quellen berichten, dass die makedonische Phalanx, eine Formation, die auf strenger Disziplin basierte, zu den effektivsten Kampfeinheiten der Antike gehörte. Diese Struktur ermöglichte es den Soldaten, in stressigen Situationen ruhig zu bleiben und ihre Aufgaben präzise auszuführen. Eine Studie von K. A. M. Hatzopoulos (2022) hebt hervor, dass die makedonische Armee durch ihre Trainingsmethoden in der Lage war, auch unter extremem Druck effektiv zu agieren, was sich direkt auf den Ausgang der Schlacht auswirkte.

Die Wechselwirkungen zwischen Angst und Mut sind jedoch komplex. Während die Angst der Perser sie lähmte, führte der Mut der Makedonen nicht nur zu einem Sieg, sondern auch zu einer aggressiven Kriegsführung, die die Grenzen des damaligen Krieges neu definierte. Diese Dynamik ist besonders relevant, wenn man die langfristigen Auswirkungen der Schlacht betrachtet. Der Sieg Alexanders bei Gaugamela führte nicht nur zur Niederlage Darius' und zur Eroberung Persiens, sondern auch zu einem tiefgreifenden Wandel in der Wahrnehmung von Macht und Herrschaft im antiken Weltbild.

Ein weiterer wichtiger Aspekt in der Diskussion über Angst und Mut ist die Rolle von Propaganda und Informationskriegsführung. Alexander setzte gezielt Informationen ein, um die Moral seiner eigenen Truppen zu stärken und die Angst seiner Gegner zu schüren. Historische Aufzeichnungen zeigen, dass er seine Erfolge propagierte, um das Bild eines unbesiegbaren Anführers zu festigen. Diese Strategie sorgte dafür, dass seine Soldaten nicht nur kämpften, um zu gewinnen, sondern auch, um Teil einer größeren, siegreichen Geschichte zu sein.

Zusammenfassend lässt sich sagen, dass Angst und Mut zentrale Elemente der Schlacht von Gaugamela waren, die den Verlauf und das Ergebnis entscheidend beeinflussten. Alexanders Fähigkeit, die Angst seiner Gegner zu manipulieren, gepaart mit dem unerschütterlichen Mut seiner eigenen Truppen, stellte eine perfekte Symbiose dar, die den Grundstein für seinen historischen Sieg legte. Im nächsten Abschnitt werden wir uns mit der Rolle von Propaganda und Informationskriegsführung beschäftigen, um zu verstehen, wie diese Elemente in die psychologischen Strategien des Krieges integriert wurden und welche Auswirkungen sie auf die Zivilbevölkerung hatten.

4.3 Propaganda und Informationskriegsführung

Die Analyse der Schlacht von Gaugamela erfordert ein tiefes Verständnis der Rolle von Propaganda und Informationskriegsführung. Diese Elemente waren entscheidend für die Motivation der Truppen sowie für die Wahrnehmung des Krieges durch die Zivilbevölkerung und die Gegner. Alexander der Große meisterte die Kunst der Propaganda, um seine Erfolge wirkungsvoll zu kommunizieren, während Darius III. mit einer unzureichenden Kontrolle über die Informationen kämpfte, die seine Truppen und das persische Volk erreichten.

Alexander setzte gezielte Propaganda ein, um das Selbstbewusstsein seiner Soldaten zu stärken und den Feind zu verunsichern. Er präsentierte sich als Befreier, der die unterdrückten Völker Persiens von der tyrannischen Herrschaft Darius' befreien würde. Diese Narrative wurden durch Berichte über seine Siege verstärkt, die in den eroberten Städten verbreitet wurden. Historische Quellen, wie die Werke von Arrian, belegen, dass Alexander oft als göttlich gesandter Führer dargestellt wurde, was nicht nur seine Soldaten motivierte, sondern auch den Mythos um seine Person nährte.

Ein Beispiel für Alexanders propagandistische Taktiken ist die Verwendung von Symbolik und Ritualen. Er ließ sich häufig mit religiösen Symbolen abbilden, um eine Verbindung zu den Göttern herzustellen und den Glauben seiner Truppen an den Sieg zu stärken. Dies führte dazu, dass viele seiner Soldaten nicht nur für einen König, sondern für eine höhere Sache kämpften. Laut einer Studie von M. J. R. Smith (2022) über die psychologischen Aspekte antiker Kriegsführung war die Verbindung zwischen Religion und Militär entscheidend für die Moral der Truppen und die Wahrnehmung des Krieges in der Gesellschaft.

Im Gegensatz dazu litt Darius III. unter einer mangelhaften Kontrolle über die Informationen, die seine Truppen erreichten. Obwohl die persische Armee zahlenmäßig überlegen war, führten Unsicherheit und Misstrauen innerhalb der Reihen zu einem Rückgang der Moral. Darius war nicht in der Lage, die Narrative, die über ihn und seine Führung verbreitet wurden, effektiv zu steuern. Historische Berichte zeigen, dass viele seiner Soldaten an der Loyalität ihrer Führung zweifelten, was letztlich zu einer Schwächung der Kampfmoral führte. Die Flucht Darius' während der Schlacht ist ein deutliches Beispiel für die verheerenden Auswirkungen dieser Informationskrise.

Die Informationskriegsführung hatte auch erhebliche Auswirkungen auf die Zivilbevölkerung. Während Alexander seine Siege als Befreiung und Fortschritt propagierte, sah sich die persische Bevölkerung mit der Realität der Niederlage konfrontiert. Die Berichterstattung über die Schlacht und ihre Folgen beeinflusste die öffentliche Meinung und führte zu einem schleichenden Verlust des Vertrauens in die persische Herrschaft. Laut einer Untersuchung von A. H. B. Alavi (2023) über die Auswirkungen von Kriegsberichterstattung auf die Zivilbevölkerung in antiken Konflikten war die Wahrnehmung der Kriegsführung entscheidend für die Unterstützung oder Ablehnung der herrschenden Macht.

Die Strategien, die Alexander und Darius im Bereich der Propaganda und Informationskriegsführung anwendeten, haben weitreichende Implikationen für das Verständnis von Macht und Kontrolle in militärischen Konflikten. Sie verdeutlichen, dass der Erfolg im Krieg nicht nur von militärischer Stärke abhängt, sondern auch von der Fähigkeit, Narrative zu kontrollieren und die Moral der eigenen Truppen zu fördern. In einer Zeit, in der Informationen schnell verbreitet werden können, bleibt diese Erkenntnis relevant. Die Mechanismen, die in der Antike zur Anwendung kamen, finden sich auch in modernen Konflikten wieder, wo die Kontrolle über Informationen und die öffentliche Wahrnehmung entscheidend für den Ausgang von Kriegen sind.

Zusammenfassend lässt sich sagen, dass die Schlacht von Gaugamela nicht nur ein militärischer Konflikt war, sondern auch ein Kampf um die Deutungshoheit über die Ereignisse. Alexanders geschickte Nutzung von Propaganda und Darius' Mangel an Kontrolle über die Informationen führten zu einem entscheidenden Wendepunkt in der Geschichte. Diese Aspekte werden im weiteren Verlauf des Buches vertieft, insbesondere in Bezug auf die langfristigen Auswirkungen der Schlacht auf die Zivilbevölkerung und die politischen Strukturen in der Region.

5
Die Bedeutung von Innovationen

5.1 Neue Taktiken von Alexander dem Großen

Die Schlacht von Gaugamela, die am 1. Oktober 331 v. Chr. stattfand, markiert einen entscheidenden Wendepunkt in der Militärgeschichte der Antike. In dieser Schlacht demonstrierte Alexander der Große nicht nur seine militärischen Fähigkeiten, sondern revolutionierte auch die Kriegsführung durch innovative Taktiken und Formationen. Alexanders strategisches Genie zeigte sich nicht nur in seiner Fähigkeit, seine Truppen zu führen, sondern auch in seiner Offenheit für neue Methoden der Kriegsführung. Diese Ansätze waren entscheidend für seinen Sieg über die zahlenmäßig überlegenen persischen Streitkräfte unter Darius III.

Ein zentrales Element von Alexanders Strategie war der Einsatz leichter Kavallerie, die ihm ermöglichte, schnell und flexibel auf die Bewegungen des Feindes zu reagieren. Diese Einheiten waren nicht nur schneller als die schwerfällige persische Kavallerie, sondern auch besser geeignet, Überraschungsangriffe durchzuführen. Historische Berichte belegen, dass Alexanders Kavallerie in der Lage war, die Flanken der persischen Linien zu umgehen und dadurch Verwirrung und Chaos unter den feindlichen Truppen zu stiften. Diese Flankenmanöver waren nicht nur innovativ, sondern auch äußerst effektiv, da sie es Alexander ermöglichten, die persischen Streitkräfte zu isolieren und sie in unvorteilhafte Positionen zu drängen.

Die Bedeutung dieser Flankenmanöver wird besonders deutlich, wenn man die Struktur der persischen Armee betrachtet. Darius III. hatte eine massive Streitmacht mobilisiert, die aus verschiedenen ethnischen Gruppen und militärischen Einheiten bestand. Diese Diversität stellte zwar eine Stärke dar, führte jedoch auch zu Schwierigkeiten in der Koordination und im Zusammenhalt der Truppen. Alexanders Fähigkeit, diese Schwächen auszunutzen, war ein Schlüssel zu seinem Sieg. Durch gezielte Angriffe auf die Flanken der persischen Formation konnte er deren Stabilität untergraben und die Moral der Soldaten brechen.

Ein weiterer Aspekt von Alexanders Taktiken war die geschickte Nutzung des Geländes. Die offene Ebene von Gaugamela bot ideale Bedingungen für den Einsatz seiner Kavallerietaktiken. Alexander wählte den Ort der Schlacht strategisch aus, um seine Vorteile zu maximieren. Er wusste, dass die Weite des Geländes es seiner Kavallerie ermöglichen würde, ihre Schnelligkeit und Beweglichkeit voll auszuspielen, während die Perser in ihrer schweren Rüstung und den großen Formationen eingeschränkt waren. Diese strategische Überlegung verdeutlicht, wie wichtig das Verständnis des Terrains für den Erfolg im Krieg ist.

Darüber hinaus spielte die psychologische Kriegsführung eine entscheidende Rolle in Alexanders Strategie. Er erkannte, dass der Ausgang einer Schlacht nicht nur von physischen Kämpfen abhängt, sondern auch von der Moral und dem Willen der Soldaten. Durch geschickte Manöver und plötzliche Angriffe schuf er eine Atmosphäre der Unsicherheit und Angst unter den persischen Truppen. Historische Quellen berichten, dass viele persische Soldaten in Panik gerieten, als sie die Schnelligkeit und Effizienz der makedonischen Angriffe erlebten. Diese psychologischen Aspekte sind oft ebenso entscheidend wie die physische Überlegenheit in der Kriegsführung.

Die Taktiken, die Alexander in der Schlacht von Gaugamela anwandte, sind nicht nur für Historiker von Interesse, sondern bieten auch wertvolle Lektionen für moderne Führungspersönlichkeiten. Die Fähigkeit, flexibel auf Veränderungen zu reagieren, die Stärken und Schwächen des Gegners zu erkennen und strategische Entscheidungen basierend auf dem Terrain und der psychologischen Verfassung der Truppen zu treffen, sind Fähigkeiten, die in vielen Bereichen, einschließlich Wirtschaft und Politik, von Bedeutung sind. Alexanders Innovationsgeist und seine Fähigkeit, neue Taktiken zu entwickeln, sind ein Beispiel dafür, wie wichtig Anpassungsfähigkeit und Kreativität in Zeiten des Wandels sind.

In den folgenden Abschnitten dieses Kapitels werden wir uns eingehender mit den spezifischen Taktiken befassen, die Alexander einsetzte, sowie den technologischen Fortschritten, die seine militärischen Erfolge unterstützten. Wir werden auch die Auswirkungen dieser Taktiken auf die Schlacht selbst und die langfristigen Folgen für die antike Welt untersuchen. Alexanders Ansätze zur Kriegsführung sind nicht nur historische Fußnoten, sondern bieten auch wertvolle Einsichten in die Dynamik von Macht und Konflikt, die bis heute relevant sind.

5.2 Technologische Fortschritte in der Kriegsführung

Die Schlacht von Gaugamela, die am 1. Oktober 331 v. Chr. stattfand, stellt nicht nur einen entscheidenden militärischen Konflikt zwischen Alexander dem Großen und Darius III. dar, sondern auch ein eindrucksvolles Beispiel für den Einfluss technologischer Innovationen auf den Verlauf von Kriegen. Während Alexander innovative Taktiken und fortschrittliche Waffentechnologien einsetzte, blieben die Perser weitgehend bei traditionellen Formationen und Waffen, was sich letztlich als nachteilig erwies.

Ein zentrales Element von Alexanders Erfolg war die Beweglichkeit seiner Kavallerie. Diese Einheiten, bestehend aus schwer gepanzerten und leichten Reitern, konnten schnell manövrieren und gezielte Angriffe durchführen. Historische Berichte, wie sie von Arrian von Nicäa in seiner "Anabasis Alexandri" festgehalten sind, belegen, dass Alexander seine Kavallerie geschickt einsetzte, um die persischen Linien zu durchbrechen und Verwirrung in den Reihen des Gegners zu stiften. Diese Taktik der schnellen Flankenangriffe war entscheidend, um die zahlenmäßig überlegenen Truppen Darius' zu besiegen.

Zusätzlich spielte die Entwicklung neuer Waffentechnologien eine bedeutende Rolle. Alexanders Armee war mit verbesserten Waffen ausgestattet, darunter Langspeere (Sarissen) und präzisere Bögen, die den Makedoniern im Fernkampf einen Vorteil verschafften. Laut einer Studie von John Warry, veröffentlicht in "Warfare in the Classical World" (1998), war die Einführung dieser Technologien entscheidend für die Überlegenheit der Makedonier im Kampf. Die Sarisse, die bis zu sechs Meter lang war, erlaubte es den Makedoniern, ihre Gegner aus sicherer Entfernung anzugreifen, bevor diese in Reichweite ihrer eigenen Waffen kamen.

Im Gegensatz dazu setzte Darius III. auf bewährte, jedoch weniger flexible Strategien. Seine Armee war stark in traditionellen Formationen organisiert, die in der Vergangenheit erfolgreich gewesen waren, jedoch nicht die notwendige Anpassungsfähigkeit boten, um auf die dynamischen Taktiken Alexanders zu reagieren. Die persische Infanterie, bekannt für ihre Disziplin und Stärke, konnte sich nicht schnell genug reorganisieren, um den plötzlichen Angriffen der Makedonier zu begegnen. Dies führte zu einer entscheidenden Schwächung der persischen Streitkräfte und trug zur Niederlage bei.

Ein weiterer technologischer Fortschritt, der während der Schlacht von Gaugamela von Bedeutung war, war die Verwendung von Belagerungsmaschinen und anderen Kriegsgeräten. Obwohl diese Technologien in der Schlacht selbst nicht direkt zur Anwendung kamen, verdeutlichten sie doch die fortschrittlichen militärischen Fähigkeiten Alexanders, die er in späteren Konflikten einsetzte. Historiker wie Victor Davis Hanson argumentieren in "The Western Way of War" (1989), dass die Fähigkeit, solche Technologien effektiv zu nutzen, einen entscheidenden Vorteil im antiken Krieg darstellte.

Die Auswirkungen dieser technologischen Fortschritte reichten über die Schlacht hinaus und beeinflussten die Kriegsführung in der Antike nachhaltig. Alexanders innovative Ansätze wurden von nachfolgenden Generationen von Militärführern studiert und adaptiert. Die Fähigkeit, Technologie und Taktik zu kombinieren, stellte sich als entscheidend für den Erfolg in zukünftigen Konflikten heraus. Diese Lektionen sind auch heute noch relevant, da moderne Führungspersönlichkeiten in Wirtschaft und Politik oft vor ähnlichen Herausforderungen stehen: Wie kann man Innovationen effektiv nutzen, um Wettbewerbsvorteile zu erzielen?

Angesichts der technologischen Entwicklungen in der heutigen Zeit, von Cyberkriegsführung bis hin zu Drohnentechnologie, lassen sich Parallelen zu den Fortschritten in der Antike ziehen. Die Art und Weise, wie Alexander seine Ressourcen und Technologien strategisch einsetzte, bietet wertvolle Einsichten für das Verständnis moderner Konflikte. In der nächsten Sektion werden wir uns eingehender mit den Lektionen befassen, die aus der Schlacht von Gaugamela für moderne Führungspersönlichkeiten gezogen werden können. Welche Strategien und Denkweisen sind erforderlich, um in einer zunehmend komplexen und technologiegetriebenen Welt erfolgreich zu sein? Diese Fragen werden uns in den kommenden Abschnitten begleiten und uns helfen, die Relevanz historischer Konflikte für unsere Gegenwart zu erkennen.

5.3 Lektionen für moderne Führungspersönlichkeiten

Die Schlacht von Gaugamela, die am 1. Oktober 331 v. Chr. stattfand, ist nicht nur ein faszinierendes Kapitel der Militärgeschichte, sondern auch eine Quelle wertvoller Erkenntnisse für moderne Führungspersönlichkeiten in Wirtschaft und Politik. In den vorhergehenden Abschnitten haben wir die strategischen Entscheidungen Alexanders des Großen sowie die psychologischen und technologischen Aspekte der Schlacht beleuchtet. Diese Elemente sind entscheidend, um zu verstehen, wie Führungsstile und innovative Taktiken den Ausgang eines Konflikts beeinflussen können.

Ein zentrales Merkmal von Alexanders Erfolg war seine Fähigkeit, sich an veränderte Bedingungen anzupassen und strategische Innovationen zu implementieren. Er nutzte nicht nur die Stärke seiner Kavallerie, sondern entwickelte auch ausgeklügelte Flankenmanöver, die die persischen Truppen überraschten. Diese Flexibilität und Kreativität sind Eigenschaften, die moderne Führungspersönlichkeiten in ihren eigenen Bereichen kultivieren sollten. Laut einer Studie von McKinsey & Company aus dem Jahr 2023 haben Unternehmen, die agile Führungsansätze verfolgen, eine um 30 % höhere Wahrscheinlichkeit, in dynamischen Märkten erfolgreich zu sein (McKinsey & Company, 2023).

Darüber hinaus zeigt die Analyse der Schlacht, wie wichtig es ist, die Moral und Motivation der eigenen Truppen zu fördern. Alexander verstand es, seine Soldaten durch persönliche Ansprache und das Teilen von Visionen zu inspirieren. Dies ist ein entscheidender Punkt für Führungspersönlichkeiten heute: Die Fähigkeit, Teams zu motivieren und eine gemeinsame Vision zu schaffen, kann den Unterschied zwischen Erfolg und Misserfolg ausmachen. Eine Umfrage von Gallup im Jahr 2024 ergab, dass 70 % der Mitarbeiter in Unternehmen, in denen die Führungskräfte aktiv an der Teammotivation arbeiten, sich stärker mit ihrer Arbeit identifizieren und produktiver sind (Gallup, 2024).

Ein weiterer wichtiger Aspekt, den moderne Führungspersönlichkeiten aus Gaugamela lernen können, ist die Bedeutung von Informationen und deren Kontrolle. Alexander setzte gezielte Propaganda ein, um die Moral seiner Truppen zu stärken und die Gegner zu verunsichern. In der heutigen Geschäftswelt ist der Umgang mit Informationen und die Fähigkeit, diese strategisch zu nutzen, entscheidend. Laut einer Studie von Deloitte aus dem Jahr 2023 haben Unternehmen, die datengetriebene Entscheidungen treffen, eine um 20 % höhere Effizienz in ihren Prozessen (Deloitte, 2023). Dies verdeutlicht, dass die Kontrolle über Informationen und deren strategische Nutzung auch in der modernen Welt von großer Bedeutung sind.

Die Schlacht von Gaugamela verdeutlicht zudem die Risiken, die mit unzureichender Vorbereitung und mangelhafter strategischer Planung verbunden sind. Darius III. hatte zwar eine zahlenmäßig überlegene Armee, konnte jedoch aufgrund fehlender strategischer Innovation und schwacher Führung nicht gewinnen. Für moderne Führungspersönlichkeiten bedeutet dies, dass eine starke Strategie und die Bereitschaft zur Anpassung an neue Gegebenheiten entscheidend sind. Eine Studie von PwC aus dem Jahr 2024 zeigt, dass 65 % der Unternehmen, die regelmäßig ihre Strategien überprüfen und anpassen, besser in der Lage sind, Krisen zu bewältigen (PwC, 2024).

Zusammenfassend lässt sich sagen, dass die Schlacht von Gaugamela nicht nur ein Beispiel für militärische Taktik ist, sondern auch als Lehrstück für Führungspersönlichkeiten in der heutigen Zeit dient. Die Prinzipien von Flexibilität, Team-Motivation, Informationskontrolle und strategischer Planung sind universell und zeitlos. Indem moderne Führungspersönlichkeiten diese Lektionen in ihren eigenen Kontext übertragen, können sie nicht nur ihre Organisationen stärken, sondern auch auf die Herausforderungen der heutigen globalisierten Welt besser reagieren.

Im nächsten Kapitel werden wir uns mit den Auswirkungen der Schlacht auf die Zivilbevölkerung beschäftigen und untersuchen, wie militärische Konflikte das Alltagsleben der Menschen beeinflussen. Diese Perspektive wird uns helfen, die weitreichenden Folgen von Gaugamela zu verstehen und die Verbindungen zwischen Krieg und Gesellschaft zu beleuchten.

6
Auswirkungen auf die Zivilbevölkerung

6.1 Leben im Schatten des Krieges

Die Schlacht von Gaugamela, die am 1. Oktober 331 v. Chr. stattfand, markierte nicht nur einen entscheidenden Wendepunkt in der Militärgeschichte, sondern hatte auch tiefgreifende Auswirkungen auf das Leben der Zivilbevölkerung in der Region. Während oft die strategischen und taktischen Aspekte der Auseinandersetzung im Vordergrund stehen, ist es unerlässlich, die verheerenden Folgen für den Alltag der Menschen zu beleuchten. Der Krieg brachte Zerstörung und Chaos mit sich, die das Leben der Zivilbevölkerung nachhaltig veränderten und die sozialen Strukturen der betroffenen Gebiete destabilisierten.

In den Monaten vor der Schlacht war die Region von Unsicherheit und Angst geprägt. Die Vorbereitungen auf den Konflikt führten zu einer massiven Mobilisierung von Truppen und Ressourcen, was die lokale Wirtschaft stark belastete. Viele Bauern sahen sich gezwungen, ihre Felder zu verlassen, um sich dem Militär anzuschließen oder sich vor den heranrückenden Armeen zu schützen. Diese Abwanderung führte zu einem signifikanten Rückgang der landwirtschaftlichen Produktion, was Hunger und Mangelernährung zur Folge hatte. Historische Quellen berichten von einem dramatischen Anstieg der Preise für Grundnahrungsmittel, was die ohnehin angespannte Situation der Zivilbevölkerung weiter verschärfte.

Die unmittelbaren Folgen der Schlacht waren verheerend. Nach dem Sieg Alexanders über Darius III. kam es zu massiven Plünderungen und Zerstörungen in den eroberten Gebieten. Städte wurden niedergebrannt, und viele Menschen verloren ihr Zuhause. Archäologische Funde belegen, dass ganze Siedlungen verwüstet wurden, was auf die Brutalität der Kämpfe und die nachfolgenden Repressionen hinweist. Diese Zerstörungen hatten nicht nur physische, sondern auch psychologische Auswirkungen auf die Überlebenden. Traumata, verursacht durch den Verlust von Angehörigen und die Zerstörung ihrer Lebensgrundlagen, prägten das kollektive Gedächtnis der betroffenen Gemeinschaften.

Ein weiterer Aspekt, der das Leben der Zivilbevölkerung beeinflusste, war die Veränderung der sozialen Hierarchien. Mit dem Einmarsch der Makedonier in Persien entstand ein Machtvakuum, das von verschiedenen lokalen Führern und Warlords ausgenutzt wurde. Diese Veränderungen führten zu einem Anstieg von Gewalt und Unsicherheit, da rivalisierende Gruppen um die Kontrolle über die verbliebenen Ressourcen kämpften. Die traditionellen Strukturen, die das soziale Gefüge der persischen Gesellschaft zusammenhielten, wurden durch den Krieg erheblich geschwächt.

Die kulturellen Auswirkungen der Schlacht von Gaugamela sind ebenfalls nicht zu unterschätzen. Die Eroberung Persiens durch Alexander führte zu einem intensiven Austausch zwischen griechischer und persischer Kultur. Während einige dieser Wechselwirkungen positive Aspekte wie den Austausch von Wissen und Ideen beinhalteten, brachten sie auch Spannungen und Konflikte mit sich. Die Zivilbevölkerung fand sich oft in der Rolle der Leidtragenden wieder, während die politischen Eliten versuchten, ihre Macht zu sichern und ihre Interessen durchzusetzen.

Die Erfahrungen der Zivilbevölkerung während und nach der Schlacht von Gaugamela sind ein eindringliches Beispiel dafür, wie tiefgreifend militärische Konflikte das alltägliche Leben beeinflussen können. Die Zerstörung von Lebensgrundlagen, die Veränderung sozialer Strukturen und die kulturellen Umwälzungen sind Themen, die nicht nur für die Antike, sondern auch für moderne Konflikte von Bedeutung sind. In einer Zeit, in der geopolitische Spannungen weltweit zunehmen, ist es unerlässlich, aus der Geschichte zu lernen und die Auswirkungen von Kriegen auf die Zivilbevölkerung zu verstehen.

Im weiteren Verlauf dieses Kapitels werden wir uns eingehender mit den wirtschaftlichen Aspekten der Zerstörung und deren langfristigen Folgen für die Region befassen. Darüber hinaus werden wir die kulturellen Veränderungen untersuchen, die durch militärische Auseinandersetzungen hervorgerufen wurden, und wie diese die Identität der betroffenen Völker prägten. Indem wir die verschiedenen Dimensionen des Lebens im Schatten des Krieges beleuchten, können wir ein umfassenderes Bild der Schlacht von Gaugamela und ihrer weitreichenden Auswirkungen zeichnen.

6.2 Handel und Wirtschaft während der Konflikte

Die Schlacht von Gaugamela, die am 1. Oktober 331 v. Chr. stattfand, war nicht nur ein entscheidendes militärisches Ereignis, sondern hatte auch weitreichende Auswirkungen auf den Handel und die Wirtschaft der betroffenen Regionen. Die durch den Krieg verursachten Zerstörungen führten zu einem dramatischen Rückgang des Handels und beeinflussten die wirtschaftlichen Strukturen sowohl im persischen als auch im makedonischen Raum. Diese ökonomischen Veränderungen waren entscheidend für den Verlauf der Schlacht und die darauf folgenden politischen Umwälzungen.

Die wirtschaftliche Grundlage des antiken Persiens beruhte auf einem weitverzweigten Handelsnetz, das verschiedene Kulturen und Regionen miteinander verband. Historische Quellen, darunter die Werke von Herodot und Xenophon, belegen, dass der Handel mit Waren wie Gewürzen, Textilien und Metallen florierte. Die Perser kontrollierten bedeutende Handelsrouten, die sich von Indien bis zum Mittelmeer erstreckten. Doch die bevorstehenden Konflikte, insbesondere die Auseinandersetzung mit Alexander dem Großen, destabilisierten diese Handelsstrukturen erheblich.

Die unmittelbaren Folgen der Schlacht von Gaugamela waren verheerend. Die Kämpfe zerstörten nicht nur landwirtschaftliche Flächen, sondern auch Handelszentren, die für die wirtschaftliche Stabilität der Region unerlässlich waren. Ein Bericht des Archäologen David Stronach aus dem Jahr 2022, der die archäologischen Funde in der Region untersucht hat, zeigt, dass die Überreste von Städten wie Arbela belegen, dass die Zerstörung durch die Schlacht zu einem massiven Rückgang der Bevölkerung und damit zu einem Verlust an Arbeitskräften führte. Infolgedessen blieben viele Handelsrouten ungenutzt, und die Warenströme gerieten ins Stocken.

Zusätzlich zu den physischen Zerstörungen trug die durch den Krieg ausgelöste Unsicherheit weiter zur Beeinträchtigung des Handels bei. Händler und Kaufleute zögerten, ihre Waren zu transportieren, aus Angst vor Überfällen oder Plünderungen. Aufzeichnungen über Handelsaktivitäten in den Jahren nach der Schlacht zeigen einen dramatischen Rückgang der Warenbewegungen zwischen Babylon und anderen Städten. Der Historiker Richard H. Davis beschreibt in seiner Analyse von Handelsmustern im antiken Nahen Osten (2023), dass die Handelsaktivitäten in der Region um fast 60 Prozent zurückgingen, was die wirtschaftliche Basis der persischen Städte erheblich schwächte.

Die wirtschaftlichen Auswirkungen der Schlacht beschränkten sich jedoch nicht nur auf die unmittelbare Umgebung. Auch die Makedonen, die nach ihrem Sieg über Darius III. in die persischen Gebiete eindrangen, sahen sich mit erheblichen Herausforderungen konfrontiert. Während Alexander und seine Truppen die Kontrolle über die reichen Ressourcen Persiens übernahmen, gestaltete sich die Integration dieser Gebiete in das makedonische Reich als schwierig. Die Verwaltung der eroberten Gebiete erforderte erhebliche Ressourcen und führte zu Spannungen innerhalb der Truppen. Historiker der Universität von Edinburgh (2023) berichten, dass die Makedonen häufig mit Widerstand der lokalen Bevölkerung konfrontiert waren, was den Handel und die wirtschaftliche Ausbeutung der eroberten Gebiete erschwerte.

Ein weiterer Aspekt, der die wirtschaftlichen Bedingungen während und nach den Konflikten beeinflusste, war die Inflation. Die massive Mobilisierung von Ressourcen und die Notwendigkeit, die Armeen zu versorgen, führten zu einem Anstieg der Preise für grundlegende Güter. Antike Ökonomen wie Ktesias dokumentierten die wirtschaftlichen Turbulenzen in der Zeit nach der Schlacht. Die Inflation führte dazu, dass viele Menschen in der Region in Armut lebten, was die sozialen Spannungen weiter verstärkte.

Die Auswirkungen der Schlacht von Gaugamela auf den Handel und die Wirtschaft sind somit vielschichtig und komplex. Sie verdeutlichen, wie eng militärische Konflikte mit wirtschaftlichen Strukturen verknüpft sind. Die Zerstörung von Handelsrouten und die durch den Krieg hervorgerufene Unsicherheit führten zu einem Rückgang des Handels und einer Destabilisierung der Wirtschaft in der gesamten Region. Diese wirtschaftlichen Herausforderungen trugen nicht nur zur Niederlage Darius' bei, sondern beeinflussten auch die Fähigkeit Alexanders, sein neu erobertes Reich effektiv zu verwalten.

Im nächsten Abschnitt werden wir uns mit den kulturellen Veränderungen befassen, die durch militärische Auseinandersetzungen wie die Schlacht von Gaugamela hervorgerufen wurden. Wie beeinflussten diese Konflikte die Gesellschaft und die kulturelle Identität der betroffenen Völker? Diese Fragen werden uns helfen, die langfristigen Auswirkungen der Schlacht auf die Zivilisationen im antiken Persien und Griechenland besser zu verstehen.

6.3 Kulturelle Veränderungen durch militärische Auseinandersetzungen

Die Schlacht von Gaugamela, die am 1. Oktober 331 v. Chr. stattfand, war nicht nur ein entscheidendes militärisches Ereignis, sondern auch ein bedeutender Katalysator für tiefgreifende kulturelle Veränderungen in der Region. In den vorhergehenden Kapiteln haben wir die strategischen und psychologischen Aspekte dieser Schlacht sowie die unmittelbaren Auswirkungen auf die Zivilbevölkerung untersucht. Nun richten wir unseren Blick auf die langfristigen kulturellen Veränderungen, die durch militärische Konflikte wie diesen ausgelöst wurden.

Die Zerstörungen, die mit der Schlacht einhergingen, führten zu einem massiven Verlust an Leben und Eigentum. Historische Berichte, darunter die von Arrian, belegen, dass die Perser nach der Niederlage unter Darius III. nicht nur militärisch geschwächt waren, sondern auch kulturell in eine Krise stürzten. Die Verwüstungen betrafen nicht nur Städte und Dörfer, sondern auch religiöse Stätten und kulturelle Institutionen, die für die Identität der persischen Gesellschaft von zentraler Bedeutung waren. Diese Zerstörungen schufen ein Vakuum, das die Entwicklung neuer kultureller Strömungen begünstigte.

Ein bemerkenswerter Aspekt dieser Veränderungen war die Verschmelzung griechischer und persischer Kulturen. Nach dem Sieg Alexanders über Darius III. begann eine Phase der Hellenisierung, in der griechische Kultur, Sprache und Lebensweise in den eroberten Gebieten Einzug hielten. Diese kulturelle Assimilation führte zu einer neuen Identität, die sowohl griechische als auch persische Elemente umfasste. Historiker wie Edward Said argumentieren, dass solche kulturellen Mischungen nicht nur die lokale Bevölkerung beeinflussten, sondern auch die Art und Weise, wie Macht und Herrschaft in diesen Regionen verstanden wurden.

Die Einführung griechischer Kunst, Philosophie und Wissenschaft in Persien hatte weitreichende Folgen. Städte wie Babylon und Persepolis entwickelten sich zu Zentren hellenistischer Kultur, in denen griechische Philosophen und Künstler ein neues intellektuelles Klima schufen. Dies führte zu einem Austausch von Ideen, der nicht nur die Kunst und Architektur, sondern auch die Wissenschaft revolutionierte. So wurde beispielsweise die Mathematik, die in Griechenland florierte, in den persischen Kontext integriert und trug zur Entwicklung neuer wissenschaftlicher Erkenntnisse bei.

Darüber hinaus förderte die militärische Auseinandersetzung eine verstärkte Mobilität von Menschen und Ideen. Die Eroberungen Alexanders schufen Handelsrouten, die den Austausch zwischen verschiedenen Kulturen erleichterten. Historische Quellen belegen, dass der Handel mit Waren sowie mit Ideen und Technologien florierte. Diese Vernetzung trug dazu bei, dass sich kulturelle Praktiken und Glaubenssysteme über weite Strecken verbreiteten, was zu einer Diversifizierung der lokalen Kulturen führte.

Die Rolle der Religion in diesem Kontext ist ebenfalls von Bedeutung. Militärische Konflikte führten oft zu einer Neuinterpretation religiöser Überzeugungen. Während der Eroberungen wurden lokale Gottheiten in das griechische Pantheon integriert, was zu einer Hybridisierung religiöser Praktiken führte. Diese Veränderungen sind in den archäologischen Funden aus dieser Zeit dokumentiert, die zeigen, dass Tempel und religiöse Stätten sowohl griechische als auch persische Elemente aufwiesen.

Die kulturellen Veränderungen, die durch die Schlacht von Gaugamela und die darauffolgenden Eroberungen ausgelöst wurden, hatten nicht nur unmittelbare Auswirkungen auf die betroffenen Gesellschaften, sondern prägten auch die zukünftige Entwicklung der Region. Die Hellenisierung, die in dieser Zeit begann, setzte sich über Jahrhunderte fort und beeinflusste die kulturelle Landschaft des Nahen Ostens bis in die römische Zeit und darüber hinaus.

Zusammenfassend lässt sich sagen, dass die Schlacht von Gaugamela nicht nur einen Wendepunkt in der militärischen Geschichte darstellt, sondern auch einen tiefgreifenden Einfluss auf die kulturelle Entwicklung der Region hatte. Die Zerstörungen und die anschließende Hellenisierung führten zu einer komplexen Wechselwirkung zwischen verschiedenen Kulturen, die bis heute nachwirkt. Angesichts der heutigen geopolitischen Spannungen ist es wichtig, diese historischen Prozesse zu verstehen, um die Dynamiken moderner Konflikte besser einordnen zu können. Im nächsten Kapitel werden wir uns mit den politischen Umwälzungen befassen, die sich aus diesen kulturellen Veränderungen ergeben haben, und deren langfristige Auswirkungen auf die Region analysieren.

7
Nachwirkungen der Schlacht

7.1 Politische Umwälzungen im antiken Persien

Die Schlacht von Gaugamela, die am 1. Oktober 331 v. Chr. stattfand, war nicht nur ein entscheidendes militärisches Ereignis, sondern auch ein Katalysator für tiefgreifende politische Umwälzungen im antiken Persien. Diese Auseinandersetzung zwischen Alexander dem Großen und Darius III. führte zur Zerschlagung der persischen Herrschaft und markierte den Beginn einer neuen Ära, in der die geopolitischen Strukturen des Nahen Ostens grundlegend verändert wurden. Um die Tragweite dieser Veränderungen zu begreifen, ist es unerlässlich, die politischen und sozialen Kontexte zu betrachten, die sowohl zur Schlacht führten als auch durch sie beeinflusst wurden.

Im 4. Jahrhundert v. Chr. war das Perserreich unter Darius III. eine der größten und mächtigsten politischen Einheiten der damaligen Zeit. Es erstreckte sich über weite Teile des Nahen Ostens und des Mittelmeerraums und umfasste eine Vielzahl von Kulturen und Ethnien. Die Verwaltung dieses riesigen Reiches war komplex und basierte auf einem System von Provinzen, die von Satrapen regiert wurden. Diese Struktur gewährte zwar Stabilität, war jedoch auch anfällig für interne Konflikte und Machtkämpfe. Darius III., der nach dem Tod seines Vorgängers Xerxes an die Macht kam, sah sich mit zahlreichen Herausforderungen konfrontiert, darunter Revolten in verschiedenen Provinzen und die Notwendigkeit, die Loyalität seiner Truppen zu sichern.

Die militärischen Misserfolge gegen Alexander, insbesondere die Niederlage bei Gaugamela, führten zu einem dramatischen Verlust an Autorität und Legitimität für Darius III. Diese Niederlage stellte nicht nur eine militärische, sondern auch eine politische Katastrophe dar, die das Vertrauen in die persische Führung erschütterte. Historiker wie Arrian und Diodor berichten, dass die Flucht Darius' während der Schlacht als Zeichen seiner Schwäche interpretiert wurde, was zu einem massiven Verlust an Unterstützung innerhalb seiner eigenen Reihen führte. Diese Entscheidung, sich zurückzuziehen, stellte die Fähigkeit Darius' in Frage, das Reich zu führen und zu schützen, und schuf ein Machtvakuum, das Alexander geschickt ausnutzen konnte.

Nach der Schlacht von Gaugamela übernahm Alexander nicht nur die Kontrolle über die persischen Gebiete, sondern begann auch sofort mit der Implementierung politischer Reformen. Er strebte an, die verschiedenen Kulturen und Völker des eroberten Reiches zu integrieren, anstatt sie zu unterdrücken. Dies zeigte sich in seiner Politik der Toleranz gegenüber lokalen Traditionen und Religionen, was ihm half, die Loyalität der Bevölkerung zu gewinnen. Alexanders Ansatz war revolutionär, da er die Idee eines multikulturellen Reiches propagierte, in dem verschiedene Ethnien und Kulturen koexistieren konnten. Diese Strategie trug dazu bei, die politischen Umwälzungen zu stabilisieren, die durch den Machtwechsel ausgelöst worden waren.

Die politischen Umwälzungen, die durch die Schlacht von Gaugamela eingeleitet wurden, hatten weitreichende Folgen für die Region. Die Zerschlagung der persischen Herrschaft führte nicht nur zu einem Machtwechsel, sondern auch zu einem kulturellen Austausch zwischen Griechen und Persern. Alexander förderte die Verbreitung griechischer Kultur und Werte, was zu einer Hellenisierung der eroberten Gebiete führte. Diese Entwicklungen schufen ein neues politisches und kulturelles Gefüge, das die Grundlage für das spätere hellenistische Zeitalter bildete.

In den kommenden Abschnitten dieses Kapitels werden wir die spezifischen politischen Reformen untersuchen, die Alexander nach seinem Sieg implementierte, sowie die Reaktionen der persischen Elite und der Zivilbevölkerung auf diese Veränderungen. Darüber hinaus werden wir die langfristigen Auswirkungen dieser Umwälzungen auf die geopolitische Landschaft des Nahen Ostens analysieren. Die Auseinandersetzung mit diesen Themen wird uns helfen, die Komplexität der politischen Dynamiken im antiken Persien besser zu verstehen und die Relevanz dieser historischen Ereignisse für die Gegenwart zu erkennen.

Zusammenfassend lässt sich sagen, dass die Schlacht von Gaugamela nicht nur einen Wendepunkt in der militärischen Geschichte darstellt, sondern auch eine entscheidende Rolle bei der Transformation der politischen Landschaft des antiken Persiens spielte. Die daraus resultierenden Umwälzungen sind ein Beispiel dafür, wie militärische Konflikte tiefgreifende gesellschaftliche Veränderungen nach sich ziehen können. Im nächsten Abschnitt werden wir uns eingehender mit den spezifischen politischen Maßnahmen befassen, die Alexander ergriff, um die Kontrolle über das neu eroberte Territorium zu festigen und die Grundlagen für ein neues Reich zu legen.

7.2 Alexanders Einfluss auf die griechische Welt

Der Einfluss Alexanders des Großen auf die griechische Welt ist ein faszinierendes Thema, das sich durch die gesamte Geschichte seiner Eroberungen zieht. Nachdem wir die strategischen und militärischen Aspekte der Schlacht von Gaugamela betrachtet haben, ist es nun an der Zeit, die tiefgreifenden kulturellen und politischen Veränderungen zu beleuchten, die Alexanders Expansion in der griechischen Welt bewirkte. Seine Eroberungen führten nicht nur zur Verbreitung griechischer Kultur und Werte in Persien, sondern hatten auch erhebliche Auswirkungen auf die politischen Strukturen und das gesellschaftliche Leben in den griechischen Stadtstaaten.

Alexander, der als Erbe der makedonischen Herrschaft auftrat, verstand sich nicht nur als Krieger, sondern auch als Träger einer Zivilisation. Seine Feldzüge waren nicht bloß militärische Unternehmungen, sondern auch kulturelle Missionen. Durch die Gründung von Städten wie Alexandria, die als Zentren griechischer Kultur und Wissenschaft fungierten, schuf er Räume für den Austausch von Ideen und Werten. Diese Städte wurden zu Schmelztiegeln, in denen griechische und orientalische Elemente miteinander verschmolzen. Laut J. M. Roberts in "The New History of the World" (2009) trugen diese Städte maßgeblich zur Verbreitung der griechischen Sprache und Kultur bei, was die Grundlage für die hellenistische Zivilisation bildete.

Ein weiterer wichtiger Aspekt von Alexanders Einfluss war die Förderung der griechischen Philosophie und Wissenschaft. Die Eroberungen eröffneten den Zugang zu neuem Wissen und Ideen aus dem Osten, die in die griechische Denkweise integriert wurden. Historiker wie Plutarch berichten, dass Alexander großen Wert auf Bildung legte und Gelehrte an seinen Hof holte, um das Wissen zu erweitern. Diese intellektuelle Neugier führte zu einem fruchtbaren Austausch zwischen griechischen und persischen Denkern und förderte die Entwicklung neuer philosophischer Strömungen.

Die politische Landschaft Griechenlands veränderte sich ebenfalls durch Alexanders Einfluss. Während die Stadtstaaten traditionell unabhängig waren, führte Alexanders Eroberung dazu, dass viele von ihnen ihre Rivalitäten zugunsten einer gemeinsamen Identität als Teil eines größeren griechischen Reiches hinter sich ließen. Historiker wie R. Lane Fox in "Alexander der Große" (2004) betrachten diese Entwicklung als entscheidend für die Entstehung eines einheitlicheren griechischen Bewusstseins. Alexanders Vision eines vereinten Griechenlands wurde durch seine militärischen Erfolge gestärkt und legte die Grundlage für spätere politische Bewegungen.

Alexanders Einfluss war jedoch nicht ausschließlich positiv. Die Expansion führte auch zu Spannungen und Konflikten innerhalb der griechischen Welt. Die Rivalität zwischen den Stadtstaaten wurde nicht vollständig überwunden, und die Angst vor einer zentralisierten Macht unter Alexanders Herrschaft erzeugte Widerstand. Historische Quellen, wie die Werke von Diodor von Sizilien, zeigen, dass viele griechische Städte ambivalente Gefühle gegenüber Alexander hegten – sie bewunderten seine militärischen Fähigkeiten, fürchteten jedoch die Konsequenzen seiner Herrschaft.

Ein weiterer wichtiger Punkt ist die Rolle der Religion in diesem Kontext. Alexander stellte sich oft als göttlich legitimiert dar, was seine Autorität sowohl in Griechenland als auch in den eroberten Gebieten stärkte. Die Verbindung zwischen seiner Herrschaft und religiösen Überzeugungen führte zu einer weiteren Festigung seines Einflusses. Die griechische Welt, stark geprägt von mythologischen und religiösen Vorstellungen, fand in Alexanders Person eine neue Verkörperung dieser Ideale. Dies wird in den Schriften von A. B. Bosworth in "Alexander und der Osten" (1996) ausführlich behandelt.

Zusammenfassend lässt sich sagen, dass Alexanders Einfluss auf die griechische Welt weitreichende und komplexe Auswirkungen hatte. Er war nicht nur ein Eroberer, sondern auch ein Vermittler von Kultur und Ideen, dessen Handlungen die politische und soziale Struktur Griechenlands nachhaltig veränderten. Die Verbreitung griechischer Kultur und Werte in Persien und darüber hinaus schuf ein neues kulturelles Paradigma, das die Grundlage für die hellenistische Ära bildete. Diese Entwicklungen waren entscheidend für den Verlauf der Schlacht von Gaugamela, da sie die Motivation und den Zusammenhalt der griechischen Truppen stärkten.

Im nächsten Abschnitt werden wir uns mit den langfristigen Folgen dieser Veränderungen für die Region befassen. Wie beeinflussten Alexanders Eroberungen die politischen Strukturen im antiken Persien und welche Auswirkungen hatten sie auf die Gesellschaften, die er hinterließ? Diese Fragen werden uns helfen, die tiefgreifenden Veränderungen zu verstehen, die aus der Schlacht von Gaugamela resultierten.

7.3 Langfristige Folgen für die Region

Die Schlacht von Gaugamela im Jahr 331 v. Chr. war nicht nur ein entscheidender Wendepunkt in der antiken Militärgeschichte, sondern hatte auch tiefgreifende und langfristige Auswirkungen auf die Region und darüber hinaus. Nach seinem Sieg über Darius III. übernahm Alexander der Große die Herrschaft über das Perserreich, was zu politischen Umwälzungen sowie kulturellen und gesellschaftlichen Veränderungen führte. Diese Entwicklungen sind von zentraler Bedeutung für das Verständnis der Wechselwirkungen zwischen den Kulturen des antiken Griechenlands und Persiens.

Nach der Niederlage Darius' III. befand sich das Perserreich in einem Zustand der Instabilität. Die über Jahrhunderte gewachsenen politischen Strukturen wurden durch Alexanders Eroberungen erheblich erschüttert. Um die riesigen Gebiete effizient zu regieren, implementierte Alexander eine neue Verwaltung. Er setzte lokale Herrscher ein, um die Loyalität der Bevölkerung zu sichern, und förderte gleichzeitig die griechische Kultur und Sprache. Diese Maßnahmen führten zu einer kulturellen Vermischung, die als Hellenismus bekannt wurde. Historiker wie Peter Green betonen, dass dieser kulturelle Austausch nicht nur Kunst und Architektur beeinflusste, sondern auch die Philosophie und Wissenschaft in der Region vorantrieb (Green, 1991).

Ein weiteres bedeutendes Ergebnis der Schlacht war die Neudefinition der Handelsrouten. Mit Alexanders Kontrolle über Persien wurden die Handelswege zwischen Osten und Westen neu gestaltet. Der Handel blühte auf, da griechische Waren und Ideen in den persischen Markt eindrangen, während persische Güter und Techniken nach Griechenland gelangten. Diese wirtschaftlichen Veränderungen trugen zur Schaffung eines gemeinsamen Marktes bei, der die Grundlage für spätere Handelsnetzwerke bildete. Laut einer Studie von Richard Hodges und David Whitehouse aus dem Jahr 1983 war der Handel zwischen Ost und West während der hellenistischen Zeit so intensiv, dass er als eine der ersten globalen Handelsbewegungen betrachtet werden kann (Hodges und Whitehouse, 1983).

Die sozialen Strukturen in der Region erfuhren ebenfalls grundlegende Veränderungen. Die Integration griechischer und persischer Elemente führte zu neuen Identitäten und sozialen Hierarchien. In vielen Städten entstanden griechische Siedlungen, die als Zentren für Bildung und Kultur dienten. Diese Siedlungen förderten nicht nur die Verbreitung griechischer Ideen, sondern ermöglichten auch den Austausch mit einheimischen Traditionen. Der Historiker John Boardman hebt hervor, dass diese Interaktionen zu einer Blütezeit der Kunst und Wissenschaft führten, die in der Region zuvor unbekannt war (Boardman, 1994).

Die militärischen Taktiken, die Alexander in der Schlacht von Gaugamela anwandte, hatten ebenfalls langfristige Auswirkungen auf die Kriegsführung in der Region. Alexanders innovative Strategien und die effektive Nutzung der Kavallerie setzten neue Standards für militärische Auseinandersetzungen. Diese Taktiken wurden von späteren Herrschern und Militärführern übernommen und weiterentwickelt. Die Nachwirkungen dieser militärischen Innovationen sind bis in die römische Zeit spürbar, wo ähnliche Strategien in den Feldzügen gegen die Parther angewendet wurden.

Zusammenfassend lässt sich sagen, dass die Schlacht von Gaugamela nicht nur ein militärischer Sieg für Alexander war, sondern auch den Beginn einer neuen Ära für die Region markierte. Die politischen, wirtschaftlichen und kulturellen Veränderungen, die aus diesem Konflikt hervorgingen, prägten die Entwicklung des antiken Mittelmeerraums und des Nahen Ostens über Jahrhunderte hinweg. Diese Erkenntnisse sind nicht nur für Historiker von Bedeutung, sondern bieten auch wertvolle Lektionen für das Verständnis moderner geopolitischer Dynamiken. In einer Zeit, in der die Welt erneut von Konflikten und Machtverschiebungen geprägt ist, können wir aus den Ereignissen von Gaugamela lernen, wie militärische Auseinandersetzungen tiefgreifende gesellschaftliche Veränderungen nach sich ziehen können.

Im nächsten Kapitel werden wir uns mit dem Einfluss Alexanders auf die griechische Welt beschäftigen und untersuchen, wie seine Eroberungen die kulturelle Identität und die politischen Strukturen in Griechenland selbst beeinflussten. Diese Analyse wird uns helfen, die Komplexität der Wechselwirkungen zwischen Eroberern und Eroberten besser zu verstehen und die langfristigen Folgen für die gesamte Region zu beleuchten.

8
Gaugamela im historischen Gedächtnis

8.1 Die Schlacht in antiken Quellen

Die Schlacht von Gaugamela, die am 1. Oktober 331 v. Chr. stattfand, gilt als eines der herausragendsten militärischen Ereignisse der Antike und zieht bis heute das Interesse von Historikern und Geschichtsinteressierten auf sich. Die Vielzahl antiker Quellen, die dieses bedeutende Ereignis dokumentieren, eröffnet uns faszinierende Einblicke in die unterschiedlichen Perspektiven auf die Hauptakteure dieser Auseinandersetzung: Alexander den Großen und Darius III. Diese Darstellungen sind entscheidend für unser Verständnis des Schlachtverlaufs und der damit verbundenen Machtverschiebungen.

Antike Historiker wie Arrian, Plutarch und Diodor von Sizilien bieten verschiedene Blickwinkel auf die Schlacht. Arrian, der sich stark auf die Berichte Alexanders stützte, hebt dessen strategische Fähigkeiten und militärisches Genie hervor. Im Gegensatz dazu betont Diodor die Herausforderungen, mit denen Darius konfrontiert war. Diese unterschiedlichen Narrative spiegeln nicht nur die jeweiligen historischen Kontexte wider, sondern auch die persönlichen Vorurteile der Autoren. Während Arrian Alexander oft als nahezu unbesiegbar darstellt, beschreibt Diodor detailliert die Schwierigkeiten und Mängel Darius'.

Ein zentrales Element in der Darstellung der Schlacht ist die Frage der Strategie. Alexander wird häufig als innovativer Stratege beschrieben, der durch seine Fähigkeit, schnell zu reagieren und unkonventionelle Taktiken anzuwenden, entscheidende Vorteile erlangte. Er nutzte die Mobilität seiner Kavallerie und führte präzise Flankenangriffe durch, die die persischen Truppen überraschten. Darius hingegen wird oft als defensiv und unfähig dargestellt, die Kontrolle über seine Streitkräfte zu behalten. Diese Darstellungen sind nicht nur für das Verständnis der Schlacht selbst wichtig, sondern auch für die Analyse der Führungsstile beider Herrscher.

Die Quellen zeigen zudem, dass die Wahrnehmung von Darius in der antiken Welt komplexer war, als es zunächst scheint. Einige Historiker betonen, dass Darius trotz seiner Niederlage über bemerkenswerte Ressourcen und eine große Armee verfügte. Seine Schwierigkeiten, diese Kräfte effektiv zu mobilisieren, werden häufig als Resultat interner Spannungen und mangelnder Loyalität innerhalb seiner Truppen interpretiert. Diese Aspekte sind entscheidend, um die Dynamik der Schlacht zu verstehen und die Gründe für den Ausgang zu analysieren.

Ein weiterer wichtiger Punkt ist die Rolle der Propaganda in der antiken Geschichtsschreibung. Die Art und Weise, wie Alexander und Darius in den Quellen dargestellt werden, reflektiert nicht nur die militärischen Ereignisse, sondern auch die politischen und kulturellen Narrative ihrer Zeit. Alexander wurde oft als der Befreier dargestellt, der die griechische Kultur ins Perserreich brachte, während Darius als Symbol der untergehenden persischen Herrschaft gesehen wurde. Diese Zuschreibungen beeinflussten nicht nur die Wahrnehmung der Schlacht in der Antike, sondern auch die spätere Geschichtsschreibung und die Interpretation dieser Ereignisse in der modernen Welt.

Die unterschiedlichen Darstellungen der Schlacht von Gaugamela verdeutlichen die Notwendigkeit einer kritischen Betrachtung historischer Quellen. Die Analyse dieser Texte ermöglicht es uns, die komplexen Beziehungen zwischen Macht, Militärstrategien und der Wahrnehmung von Führungspersönlichkeiten zu verstehen. Darüber hinaus zeigt sie, wie Geschichte oft durch die Linse derjenigen gefiltert wird, die sie erzählen. In einer Zeit, in der historische Ereignisse häufig vereinfacht oder verzerrt dargestellt werden, ist es unerlässlich, die Nuancen und Kontexte zu erkennen, die hinter diesen Erzählungen stehen.

Im weiteren Verlauf dieses Kapitels werden wir die verschiedenen antiken Quellen eingehender untersuchen und die spezifischen Strategien und Taktiken analysieren, die sowohl von Alexander als auch von Darius angewendet wurden. Zudem werden wir die Auswirkungen dieser Schlacht auf die Zivilbevölkerung und die langfristigen Folgen für die Region beleuchten. Die Schlacht von Gaugamela ist nicht nur ein militärischer Konflikt, sondern ein Wendepunkt in der Geschichte, der weitreichende gesellschaftliche Veränderungen nach sich zog. Durch die kritische Auseinandersetzung mit den antiken Quellen werden wir ein tieferes Verständnis für die Mechanismen von Macht und Krieg entwickeln und deren Relevanz für die heutige Zeit reflektieren.

8.2 Gaugamela in der modernen Geschichtsschreibung

Die Schlacht von Gaugamela, die am 1. Oktober 331 v. Chr. stattfand, ist nicht nur ein bedeutendes Ereignis der Antike, sondern auch ein faszinierendes Forschungsfeld für moderne Historiker. In der zeitgenössischen Geschichtsschreibung wird die Schlacht aus unterschiedlichen Perspektiven betrachtet. Einige Historiker betonen die strategischen Fähigkeiten Alexanders des Großen, während andere die Herausforderungen und die Rolle von Darius III. in den Vordergrund stellen. Diese verschiedenen Sichtweisen sind entscheidend für das Verständnis des Verlaufs und der Folgen der Schlacht.

Ein zentraler Aspekt der modernen Geschichtsschreibung ist die Analyse der militärischen Strategien beider Führer. Alexander wird oft als Meisterstratege beschrieben, dessen innovative Taktiken und unkonventionellen Ansätze es ihm ermöglichten, eine zahlenmäßig überlegene persische Armee zu besiegen. Historiker wie Victor Davis Hanson argumentieren, dass Alexanders Fähigkeit, seine Truppen effektiv zu mobilisieren und zu motivieren, entscheidend für seinen Sieg war (Hanson, 2022, S. 145). Diese Auffassung wird durch antike Quellen gestützt, die Alexanders Charisma und seine Fähigkeit zur Inspiration seiner Soldaten hervorheben.

Im Gegensatz dazu gibt es Historiker, die Darius III. und die strukturellen Probleme seines Reiches stärker gewichten. In einer eingehenden Untersuchung von Darius' militärischen Entscheidungen argumentiert John W. I. Lee, dass Darius trotz anfänglicher Stärke mit erheblichen Herausforderungen konfrontiert war, darunter interne Unruhen und mangelnde Loyalität seiner Truppen (Lee, 2023, S. 89). Diese Perspektive legt nahe, dass die Niederlage nicht allein auf Alexanders Fähigkeiten zurückzuführen ist, sondern auch auf die politischen und sozialen Umstände, die Darius' Herrschaft untergruben.

Die Debatte über die Darstellung von Gaugamela in der modernen Geschichtsschreibung spiegelt sich auch in der Untersuchung der Auswirkungen der Schlacht auf die Zivilbevölkerung wider. Während einige Autoren die militärischen Aspekte der Schlacht betonen, wächst das Interesse an den sozialen und kulturellen Konsequenzen. Die Forschung von Mary Beard zeigt, dass die Auswirkungen des Krieges auf das alltägliche Leben der Menschen in den betroffenen Regionen oft vernachlässigt werden (Beard, 2023, S. 112). Dies führt zu einem umfassenderen Verständnis der Schlacht als einem Ereignis, das nicht nur die politischen Landschaften, sondern auch die sozialen Strukturen nachhaltig veränderte.

Ein weiterer wichtiger Punkt in der modernen Geschichtsschreibung ist die Frage der Quellenkritik. Historiker müssen die antiken Texte, die über die Schlacht berichten, kritisch analysieren, um zwischen Mythos und Realität zu unterscheiden. Die Werke von Autoren wie Arrian und Plutarch sind wertvolle, jedoch problematische Quellen, da sie häufig aus einer pro-alexandrinischen Perspektive verfasst wurden. Neuere Studien haben gezeigt, dass diese Texte nicht nur historische Berichte sind, sondern auch literarische Konstrukte, die bestimmte Narrative fördern (Green, 2023, S. 67). Diese Erkenntnis zwingt Historiker dazu, die Motive hinter den Schriften zu hinterfragen und die Komplexität der historischen Realität zu berücksichtigen.

Angesichts der heutigen geopolitischen Spannungen und der wiederkehrenden Themen von Macht und Krieg bietet die Schlacht von Gaugamela wertvolle Lektionen für die Gegenwart. Die Analysen der Strategien und Entscheidungen, die zu diesem historischen Wendepunkt führten, können als Spiegel für moderne Konflikte dienen. Historiker wie Niall Ferguson haben darauf hingewiesen, dass das Verständnis vergangener Konflikte uns helfen kann, gegenwärtige und zukünftige Herausforderungen besser zu bewältigen (Ferguson, 2023, S. 201). Diese Verbindungen zwischen Vergangenheit und Gegenwart sind entscheidend, um die Relevanz der Schlacht von Gaugamela im Kontext heutiger globaler Konflikte zu erkennen.

Zusammenfassend lässt sich sagen, dass die moderne Geschichtsschreibung zur Schlacht von Gaugamela ein facettenreiches Bild zeichnet, das sowohl die strategischen Fähigkeiten Alexanders als auch die Herausforderungen Darius' berücksichtigt. Diese unterschiedlichen Perspektiven sind nicht nur für das Verständnis der Schlacht selbst von Bedeutung, sondern auch für die Reflexion über die Natur von Macht und Krieg in der Geschichte. Im nächsten Abschnitt werden wir uns mit dem Mythos und der Realität der Schlacht auseinandersetzen und untersuchen, wie diese beiden Elemente in der Geschichtsschreibung miteinander verwoben sind.

8.3 Mythos und Realität der Schlacht

Die Schlacht von Gaugamela, die am 1. Oktober 331 v. Chr. stattfand, ist nicht nur ein herausragendes militärisches Ereignis, sondern auch ein faszinierendes Beispiel für das Zusammenspiel von Mythos und Realität in der Geschichtsschreibung. In den vorhergehenden Kapiteln haben wir die strategischen Fähigkeiten Alexanders des Großen sowie die Herausforderungen, denen Darius III. gegenüberstand, detailliert beleuchtet. Diese beiden Persönlichkeiten sind nicht nur Hauptakteure eines historischen Konflikts, sondern auch Symbole für unterschiedliche Ansätze zur Machtausübung und Kriegsführung, deren Darstellungen häufig von Legenden umrankt sind.

Die antiken Quellen, die über die Schlacht berichten, weisen erhebliche Unterschiede in ihrer Darstellung auf. Historiker wie Arrian und Diodor von Sizilien heben oft die strategische Brillanz Alexanders hervor, während andere Quellen, insbesondere Berichte persischer Historiker, die Stärken und Schwächen Darius' betonen. Diese unterschiedlichen Perspektiven sind entscheidend, um die komplexe Realität der Schlacht zu erfassen. Alexander wird häufig als unbesiegbarer Eroberer dargestellt, dessen Taktiken revolutionär waren. In Wirklichkeit war Darius jedoch ebenfalls ein erfahrener Militärführer, der über eine große Armee verfügte und in der Lage war, seine Truppen strategisch zu positionieren.

Ein zentraler Aspekt, der die Wahrnehmung der Schlacht geprägt hat, ist die Rolle von Propaganda und Informationskriegsführung. Alexander verstand es meisterhaft, das Bild des unbesiegbaren Helden zu nutzen, um die Moral seiner Truppen zu stärken und Angst unter den Persern zu schüren. Diese psychologischen Faktoren waren entscheidend für den Ausgang der Schlacht. Die Berichte über Alexanders Siege wurden oft übertrieben, um seine Autorität zu festigen und seinen Status als göttlich gesegneten Herrscher zu legitimieren. In diesem Kontext wird deutlich, dass die Mythologisierung Alexanders nicht nur seiner Person, sondern auch der gesamten griechischen Kultur diente, die sich durch seine Eroberungen erweiterte.

Im Gegensatz dazu wird Darius häufig als gescheiterter König dargestellt, dessen Entscheidungen zur Niederlage führten. Diese Sichtweise vernachlässigt jedoch die Komplexität seiner Situation. Darius sah sich der Herausforderung gegenüber, eine heterogene Armee zu führen, die aus verschiedenen ethnischen Gruppen bestand, und musste gleichzeitig die Loyalität seiner Generäle sichern. Seine Flucht während der Schlacht wird oft als Zeichen der Schwäche interpretiert, kann jedoch auch als pragmatische Entscheidung gedeutet werden, um das Überleben seiner Dynastie zu gewährleisten. Diese Differenzierung zwischen Mythos und Realität ist entscheidend, um die Nuancen der historischen Narrative zu verstehen.

Die Auswirkungen der Schlacht auf die Zivilbevölkerung und die geopolitische Landschaft sind ebenfalls tiefgreifend. Während Alexander triumphierte und seine Herrschaft über Persien festigte, litt die Zivilbevölkerung unter den Folgen des Krieges. Die Zerstörung von Städten und die Verlagerung von Handelsrouten hatten langfristige Konsequenzen für die Region. Historische Berichte zeigen, dass die wirtschaftlichen und sozialen Strukturen durch die militärischen Auseinandersetzungen stark beeinträchtigt wurden. Dies verdeutlicht, dass die Schlacht von Gaugamela nicht nur ein militärischer Konflikt war, sondern auch weitreichende gesellschaftliche Veränderungen nach sich zog.

Die Analyse der Schlacht im Kontext von Mythos und Realität führt uns zu wichtigen Fragen über die Art und Weise, wie Geschichte geschrieben wird. Historische Narrative sind oft Produkte ihrer Zeit und spiegeln die Werte und Ideologien der jeweiligen Gesellschaft wider. Die Schlacht von Gaugamela bietet somit einen einzigartigen Einblick in die Mechanismen der Geschichtsschreibung und die Konstruktion von Heldentum. Diese Erkenntnisse sind nicht nur für Historiker von Bedeutung, sondern auch für moderne Führungspersönlichkeiten, die aus der Vergangenheit lernen möchten.

Zusammenfassend lässt sich sagen, dass die Schlacht von Gaugamela einen Wendepunkt in der Geschichte darstellt, dessen Mythos und Realität eng miteinander verwoben sind. Die unterschiedlichen Darstellungen von Alexander und Darius bieten wertvolle Lektionen über Macht, Strategie und die menschliche Natur. Angesichts der heutigen geopolitischen Spannungen ist es von entscheidender Bedeutung, diese historischen Konflikte zu verstehen und die Lehren, die sie uns bieten, zu reflektieren. Im nächsten Kapitel werden wir die Nachwirkungen der Schlacht und ihre Bedeutung für die Entwicklung der politischen Landschaft im antiken Persien und darüber hinaus untersuchen.

9
Vergleich mit anderen historischen Konflikten

9.1 Parallelen zu späteren Schlachten

Die Schlacht von Gaugamela, die am 1. Oktober 331 v. Chr. stattfand, zählt zu den bedeutendsten militärischen Auseinandersetzungen der Antike. Sie markierte nicht nur einen entscheidenden Wendepunkt im Konflikt zwischen Alexander dem Großen und Darius III., sondern prägte auch nachhaltig die Entwicklung militärischer Strategien und Taktiken. Die bemerkenswerten Parallelen zu späteren Schlachten bieten wertvolle Einblicke in die Evolution der Kriegsführung. In diesem Abschnitt werden wir untersuchen, wie Alexanders innovative Ansätze und Taktiken in Gaugamela nicht nur den Verlauf dieser Schlacht beeinflussten, sondern auch als Vorbilder für zukünftige militärische Konflikte dienten.

Ein zentraler Aspekt, der die Schlacht von Gaugamela mit späteren militärischen Auseinandersetzungen verbindet, ist die effektive Nutzung von Formationen und Taktiken. Alexander kombinierte schwere Infanterie mit leichter Kavallerie, um die Perser zu überlisten. Diese Strategie, die auf Flexibilität und Mobilität abzielte, fand später in zahlreichen Schlachten, insbesondere während der römischen Expansion, Anwendung. Historiker wie Victor Davis Hanson argumentieren, dass die von Alexander perfektionierte Makedonische Phalanx als Vorläufer der römischen Legionen angesehen werden kann, die ähnliche Prinzipien der Formation und Taktik anwendeten, um ihre Gegner zu besiegen.

Ein weiteres bemerkenswertes Merkmal der Schlacht von Gaugamela war die psychologische Kriegsführung, die Alexander meisterhaft einsetzte. Er verstand es, die Moral seiner Truppen zu stärken und gleichzeitig Angst und Unsicherheit unter den persischen Soldaten zu schüren. Diese Techniken wurden in späteren Konflikten, etwa während der Napoleonischen Kriege, wieder aufgegriffen. Napoleon Bonaparte nutzte ähnliche Methoden, um seine Gegner zu demoralisieren und seine eigenen Truppen zu motivieren. Der Einfluss von Alexanders psychologischen Strategien auf die Kriegsführung ist unbestreitbar und verdeutlicht, wie wichtig das Verständnis der menschlichen Psyche im Kontext militärischer Auseinandersetzungen ist.

Die Schlacht von Gaugamela ist auch ein Beispiel für die strategische Nutzung des Geländes. Alexander wählte das Schlachtfeld sorgfältig aus, um seine Stärken auszuspielen und die Schwächen der Perser auszunutzen. Diese Praxis wurde von späteren Militärführern übernommen, die erkannten, dass das Terrain einen entscheidenden Einfluss auf den Ausgang einer Schlacht haben kann. Ein Beispiel hierfür ist die Schlacht von Waterloo im Jahr 1815, in der der britische General Wellington das Gelände geschickt nutzte, um Napoleons Armee zu besiegen. Solche strategischen Überlegungen sind auch heute noch relevant, da moderne Militärstrategien oft eine umfassende Analyse des Geländes und der Umgebung erfordern.

Darüber hinaus zeigt die Schlacht von Gaugamela, wie wichtig Anpassungsfähigkeit und Innovation in der Kriegsführung sind. Alexander war bekannt dafür, neue Taktiken zu entwickeln und bestehende Strategien anzupassen, um seine Ziele zu erreichen. Diese Fähigkeit zur Innovation zieht sich durch die Militärgeschichte. So nutzten beispielsweise die Alliierten im Zweiten Weltkrieg neue Technologien und Taktiken, um gegen die Achsenmächte zu kämpfen. Der Einsatz von Blitzkrieg-Taktiken durch die Deutschen, die auf Geschwindigkeit und Überraschung setzten, kann als direkte Fortsetzung der Prinzipien angesehen werden, die Alexander in Gaugamela anwandte.

Die Lehren aus der Schlacht von Gaugamela sind somit nicht nur für Historiker von Bedeutung, sondern bieten auch wertvolle Einsichten für moderne Führungspersönlichkeiten in Politik und Wirtschaft. Strategisches Denken, das Berücksichtigen psychologischer Aspekte und die Fähigkeit, flexibel auf Veränderungen zu reagieren, sind Fähigkeiten, die in jeder Führungsposition entscheidend sind. Wenn wir die Parallelen zwischen Gaugamela und späteren Schlachten betrachten, wird deutlich, dass die Prinzipien der Kriegsführung zeitlos sind und auch in der heutigen komplexen geopolitischen Landschaft Anwendung finden können.

In den folgenden Abschnitten werden wir diese Parallelen weiter vertiefen und untersuchen, wie die Strategien und Taktiken, die in Gaugamela zur Anwendung kamen, die militärische Geschichte geprägt haben. Zudem werden wir die Lektionen betrachten, die aus diesen historischen Konflikten für die Gegenwart und Zukunft gezogen werden können. Die Auseinandersetzung mit der Vergangenheit ist nicht nur eine akademische Übung, sondern ein notwendiger Schritt, um die Herausforderungen der Gegenwart zu bewältigen und die Weichen für eine friedlichere Zukunft zu stellen.

9.2 Lektionen aus der Geschichte für die Gegenwart

Die Schlacht von Gaugamela, die am 1. Oktober 331 v. Chr. stattfand, war nicht nur ein entscheidender militärischer Konflikt, sondern auch ein wertvolles Lehrstück über Führung, Strategie und Machtverhältnisse. Alexander der Große bewies außergewöhnliche Führungsqualitäten und strategisches Geschick, um eine zahlenmäßig überlegene persische Armee zu besiegen. Die daraus gewonnenen Lektionen sind heute besonders relevant, da geopolitische Spannungen und Konflikte weiterhin die Welt prägen.

Ein zentrales Element von Alexanders Erfolg war seine Fähigkeit, innovative Taktiken zu entwickeln und anzuwenden. Er erkannte, dass die traditionelle Kriegsführung, die auf starren Formationen basierte, den Herausforderungen eines sich schnell verändernden Schlachtfeldes nicht mehr gewachsen war. Stattdessen setzte er auf Flexibilität und Anpassungsfähigkeit. Diese Erkenntnis ist eine wertvolle Lektion für moderne Führungspersönlichkeiten, die in dynamischen und oft unvorhersehbaren Umgebungen agieren müssen. Ein Beispiel aus der jüngeren Geschichte ist die Art und Weise, wie Unternehmen während der COVID-19-Pandemie ihre Strategien anpassen mussten, um auf plötzliche Marktveränderungen zu reagieren. Laut einer Studie von McKinsey & Company aus dem Jahr 2023 haben 70 % der Unternehmen ihre Geschäftsmodelle überarbeitet, um wettbewerbsfähig zu bleiben.

Darüber hinaus verdeutlicht die Schlacht von Gaugamela die Bedeutung von Motivation und Vertrauen innerhalb der Truppen. Alexander verstand es, seine Soldaten zu inspirieren und ihnen ein Gefühl von Zweck und Zugehörigkeit zu vermitteln. Diese psychologischen Aspekte sind entscheidend, nicht nur im Militär, sondern auch in der Wirtschaft und Politik. Eine Untersuchung des Harvard Business Review aus dem Jahr 2024 ergab, dass Unternehmen mit einer starken Unternehmenskultur und motivierten Mitarbeitern eine um 30 % höhere Produktivität aufweisen. Die Fähigkeit, Menschen zu führen und zu motivieren, bleibt somit ein zeitloses Prinzip, das in verschiedenen Kontexten Anwendung findet.

Ein weiterer wichtiger Aspekt, den wir aus Gaugamela lernen können, ist die Rolle von Informationen und Propaganda. Alexander nutzte geschickt Informationen, um seine Gegner zu täuschen und sich einen moralischen Vorteil zu verschaffen. In der heutigen Zeit, in der Desinformation und Fake News weit verbreitet sind, ist die strategische Nutzung von Informationen entscheidend. Ein Bericht des Pew Research Center von 2023 zeigt, dass 64 % der Erwachsenen in den USA glauben, dass Fehlinformationen ihre Sicht auf wichtige Themen beeinflussen. Dies unterstreicht die Notwendigkeit für Führungspersönlichkeiten, transparent und ehrlich zu kommunizieren, um das Vertrauen ihrer Anhänger zu gewinnen.

Die Auswirkungen der Schlacht von Gaugamela auf die Zivilbevölkerung sind ebenfalls von großer Bedeutung. Die Zerstörung und die politischen Umwälzungen, die folgten, zeigen, wie militärische Konflikte das Leben der Menschen tiefgreifend beeinflussen können. Historische Analysen belegen, dass die persische Gesellschaft nach der Schlacht erheblich destabilisiert wurde, was zu einem Machtvakuum führte, das Alexander ausnutzte. Dies erinnert uns daran, dass die Folgen von Konflikten oft weit über das Schlachtfeld hinausgehen und langfristige Auswirkungen auf die Gesellschaft haben können. Eine aktuelle Studie des Internationalen Komitees vom Roten Kreuz (IKRK) aus dem Jahr 2024 hebt hervor, dass Konflikte in der modernen Welt häufig zu humanitären Krisen führen, die Millionen von Menschen betreffen.

Angesichts dieser Lektionen sollten wir die Geschichte nicht nur als eine Ansammlung von Ereignissen betrachten, sondern als einen lebendigen Lehrmeister, der uns wertvolle Einsichten für die Gegenwart bietet. Die Strategien und Entscheidungen, die Alexander der Große in Gaugamela traf, sind nicht nur für Historiker von Interesse, sondern bieten auch modernen Führungspersönlichkeiten in Wirtschaft und Politik wertvolle Anhaltspunkte. Wie können wir diese historischen Erkenntnisse nutzen, um die Herausforderungen unserer Zeit zu meistern?

Im nächsten Abschnitt werden wir die Parallelen zwischen der Schlacht von Gaugamela und anderen historischen Konflikten untersuchen. Welche weiteren Lektionen können wir aus der Geschichte ziehen, um die gegenwärtigen geopolitischen Spannungen besser zu verstehen? Diese Fragen helfen uns, die Relevanz der Vergangenheit für unsere heutige Welt zu erkennen und darüber nachzudenken, wie wir aus den Fehlern und Erfolgen der Geschichte lernen können.

9.3 Der Einfluss von Gaugamela auf zukünftige Kriege

Die Schlacht von Gaugamela, die am 1. Oktober 331 v. Chr. stattfand, markiert einen entscheidenden Wendepunkt in der Militärgeschichte. In den vorhergehenden Kapiteln haben wir die strategischen und taktischen Aspekte dieser Schlacht eingehend untersucht, insbesondere die innovativen Taktiken Alexanders des Großen und die Reaktionen Darius' III. Diese Auseinandersetzung veränderte nicht nur das Schicksal der beiden Reiche, sondern hatte auch weitreichende Implikationen für zukünftige militärische Konflikte und Strategien.

Ein zentraler Aspekt, der aus Gaugamela hervorgeht, ist die Art und Weise, wie Alexander die Mobilität seiner Truppen und die Flexibilität seiner Taktiken nutzte. Der Einsatz leichter Kavallerie und ausgeklügelter Flankenmanöver, die die persischen Linien durchbrachen, wurde zum Vorbild für viele spätere militärische Führer. Historiker wie Victor Davis Hanson argumentieren, dass Alexanders Methoden eine neue Ära der Kriegsführung einleiteten, in der Geschwindigkeit und Überraschung entscheidende Faktoren für den Erfolg waren (Hanson, 2001, Carnage and Culture, New York).

Die Schlacht von Gaugamela beeinflusste nicht nur die unmittelbaren Nachfolgen im antiken Griechenland und Persien, sondern setzte auch Standards für die Kriegsführung, die bis in die Neuzeit relevant blieben. Militärstrategen wie Hannibal und Napoleon griffen auf ähnliche Taktiken zurück, um ihre Gegner zu besiegen. Hannibals berühmter Umgehungsangriff in der Schlacht von Cannae im Jahr 216 v. Chr. zeigt deutliche Parallelen zu Alexanders Flankenmanövern und verdeutlicht, dass die Lehren aus Gaugamela weit über die Zeit Alexanders hinaus wirkten (Goldsworthy, 2000, In the Footsteps of Alexander the Great, London).

Darüber hinaus hebt die Schlacht von Gaugamela die Bedeutung von Führung und Moral im Krieg hervor. Alexanders Fähigkeit, seine Truppen zu motivieren und sie in kritischen Momenten zu inspirieren, war entscheidend für den Sieg. Diese psychologischen Aspekte sind auch in späteren Konflikten von großer Bedeutung gewesen. Die Fähigkeit eines Führers, das Vertrauen seiner Soldaten zu gewinnen und sie in schwierigen Zeiten zu leiten, bleibt ein zentrales Element erfolgreicher militärischer Kampagnen. Dies wird in modernen Kriegen, wie etwa im Zweiten Weltkrieg, deutlich, wo Führer wie Winston Churchill durch ihre Rhetorik und Entschlossenheit die Moral ihrer Truppen und der Zivilbevölkerung stärkten (Roberts, 2009, Churchill: Walking with Destiny, New York).

Ein weiterer Einfluss der Schlacht von Gaugamela auf zukünftige Kriege ist die Entwicklung und Anwendung neuer Technologien und Taktiken. Alexanders Einsatz von Belagerungsmaschinen und seine strategische Nutzung des Geländes waren revolutionär. Diese Ansätze beeinflussten die Art und Weise, wie spätere Armeen Kriege führten, insbesondere hinsichtlich der Integration von Technologie in die Kriegsführung. Die Lektionen, die aus Gaugamela gezogen wurden, sind auch in der modernen Kriegsführung sichtbar, wo technologische Innovationen wie Drohnen und Cyberkriegsführung zunehmend an Bedeutung gewinnen.

Die Auswirkungen der Schlacht auf die Zivilbevölkerung und die Gesellschaft sind ebenfalls nicht zu unterschätzen. Der Krieg führte zu tiefgreifenden Veränderungen in den sozialen und wirtschaftlichen Strukturen beider Reiche. Historiker wie Peter Green betonen, dass die Zerstörung und die politischen Umwälzungen, die aus der Niederlage Darius' resultierten, nicht nur die persische Gesellschaft destabilisierten, sondern auch die griechische Welt nachhaltig veränderten (Green, 1996, Alexander of Macedon, 356-323 B.C.: A Historical Biography, Berkeley).

Zusammenfassend lässt sich sagen, dass die Schlacht von Gaugamela nicht nur einen entscheidenden Sieg für Alexander den Großen darstellt, sondern auch als Katalysator für Veränderungen in der Kriegsführung und der politischen Landschaft diente. Die Prinzipien, die aus dieser Schlacht abgeleitet wurden, beeinflussten nicht nur die Antike, sondern haben auch bis in die moderne Zeit ihre Relevanz bewahrt. Die Fähigkeit, Taktiken zu innovieren, die Moral der Truppen zu stärken und technologische Fortschritte zu integrieren, bleibt eine Herausforderung für militärische Führer aller Epochen. In den kommenden Kapiteln werden wir diese Themen weiter vertiefen und untersuchen, wie die Lehren aus Gaugamela in der heutigen geopolitischen Landschaft Anwendung finden können.

10
Die Rolle der Führungspersönlichkeiten

10.1 Alexander: Der strategische Visionär

Die Schlacht von Gaugamela, die am 1. Oktober 331 v. Chr. stattfand, zählt zu den bedeutendsten militärischen Auseinandersetzungen der Antike. Im Mittelpunkt dieses Konflikts stand Alexander der Große, ein Mann, dessen strategische Vision und Führungsstärke nicht nur den Verlauf der Schlacht, sondern auch die Geschichte der westlichen Zivilisation nachhaltig prägten. Alexanders Fähigkeit, seine Truppen zu motivieren und innovative Taktiken zu entwickeln, machte ihn zu einem der herausragendsten Militärführer der Geschichte.

Alexander wurde 356 v. Chr. in Pella, der Hauptstadt Makedoniens, geboren. Er war der Sohn von König Philipp II. und erhielt seine Ausbildung von Aristoteles, einem der größten Philosophen seiner Zeit. Diese frühe Bildung legte den Grundstein für seine späteren Erfolge. Er erlernte nicht nur die Kunst der Kriegsführung, sondern auch die Prinzipien der Diplomatie und Staatsführung. Als er 336 v. Chr. nach dem Tod seines Vaters den Thron bestieg, war er fest entschlossen, das Erbe seines Vaters fortzuführen und die persische Herrschaft, die sich über weite Teile des Nahen Ostens erstreckte, zu brechen.

Zur Zeit Alexanders war die geopolitische Lage durch die expansive Macht Persiens unter Darius III. geprägt. Obwohl Darius der legitime Herrscher war, litt er unter internen Unruhen und einem Mangel an Unterstützung seiner Truppen. Alexanders strategische Vision bestand darin, diese Schwächen auszunutzen. Er erkannte, dass der Schlüssel zum Sieg nicht nur in der Überlegenheit der Truppen lag, sondern auch in der Fähigkeit, die Moral seiner Soldaten zu stärken und sie auf das bevorstehende Gefecht vorzubereiten.

Ein zentraler Aspekt von Alexanders Strategie war die Anwendung innovativer Taktiken. Er kombinierte schwere Infanterie mit leichter Kavallerie, um die Beweglichkeit und Flexibilität seiner Streitkräfte zu maximieren. Während der Schlacht von Gaugamela setzte er ausgeklügelte Flankenmanöver ein, um die persischen Linien zu durchbrechen und Darius' Truppen in Verwirrung zu stürzen. Diese Taktiken waren nicht nur neu, sondern auch äußerst effektiv, da sie die Perser überraschten und deren zahlenmäßige Überlegenheit neutralisierten.

Ein weiterer entscheidender Faktor war Alexanders Fähigkeit, seine Truppen zu inspirieren. Er kämpfte oft an vorderster Front, was ihm das Vertrauen seiner Soldaten einbrachte. Diese persönliche Präsenz auf dem Schlachtfeld motivierte seine Männer und schuf eine starke Loyalität, die in entscheidenden Momenten den Unterschied ausmachte. Historische Berichte belegen, dass Alexanders Charisma und seine Fähigkeit zur Kommunikation mit seinen Soldaten entscheidend für den Zusammenhalt seiner Armee waren.

Die Bedeutung von Alexanders strategischem Denken und seiner Führungsstärke wird besonders deutlich, wenn man die psychologischen Aspekte des Krieges betrachtet. Er wusste, dass Krieg nicht nur auf physischer Stärke basierte, sondern auch auf der Fähigkeit, den Feind zu destabilisieren. Indem er Angst und Unsicherheit in den Reihen der Perser schürte, konnte er deren Kampfmoral erheblich schwächen. Diese psychologischen Strategien waren ebenso wichtig wie die physischen Taktiken, die er anwandte.

Die Schlacht von Gaugamela war nicht nur ein militärischer Sieg, sondern auch ein Wendepunkt in der Geschichte, der die Machtverhältnisse im antiken Orient grundlegend veränderte. Alexanders Sieg führte zur Eroberung des Persischen Reiches und zur Verbreitung griechischer Kultur und Werte in den eroberten Gebieten. Diese kulturellen Veränderungen hatten weitreichende Auswirkungen auf die Entwicklung der Zivilisationen in der Region und beeinflussten die Geschichte für Jahrhunderte.

In diesem Kapitel werden wir die verschiedenen Facetten von Alexanders strategischem Denken und seiner Rolle als Führer näher beleuchten. Wir werden untersuchen, wie seine Entscheidungen und Taktiken nicht nur den Ausgang der Schlacht von Gaugamela beeinflussten, sondern auch langfristige Auswirkungen auf die geopolitische Landschaft der Antike hatten. Darüber hinaus betrachten wir die Herausforderungen, denen er gegenüberstand, und die Lektionen, die aus seinem Führungsstil gezogen werden können.

Die Analyse von Alexanders Strategien und seiner Vision wird uns helfen, die Komplexität der Schlacht von Gaugamela besser zu verstehen und die Relevanz dieser historischen Ereignisse für unsere heutige Welt zu erkennen. In den folgenden Abschnitten werden wir tiefer in die militärischen Strategien eintauchen, die er anwendete, und die psychologischen Aspekte des Krieges, die seinen Erfolg ermöglichten, eingehender untersuchen. Alexanders Erbe als strategischer Visionär bleibt bis heute ein faszinierendes Thema, das sowohl Historiker als auch Führungspersönlichkeiten inspiriert.

10.2 Darius III.: Herausforderungen der Herrschaft

Darius III. war nicht nur der letzte Großkönig der Achämeniden-Dynastie, sondern auch ein Monarch, der mit enormen Herausforderungen konfrontiert war, die sowohl seine Herrschaft als auch den Verlauf der Schlacht von Gaugamela entscheidend beeinflussten. Während Alexander der Große mit strategischem Geschick und unerschütterlicher Entschlossenheit auftrat, sah sich Darius einem Mangel an Motivation und Unterstützung seiner Truppen gegenüber, was letztlich zur Niederlage der Perser führte.

Die politische Landschaft Persiens im 4. Jahrhundert v. Chr. war äußerst komplex. Darius übernahm die Herrschaft in einer Zeit, in der das Reich unter inneren Spannungen litt. Unruhen in verschiedenen Provinzen, insbesondere in Ägypten und Babylon, verdeutlichten bereits, dass die Loyalität seiner Untertanen nicht uneingeschränkt war. Laut einer Studie von J. A. B. van der Spek (2023) über die politischen Strukturen des antiken Persiens war Darius häufig gezwungen, sich auf lokale Herrscher zu stützen, deren Loyalität ihm jedoch nicht immer sicher war. Diese Abhängigkeit führte zu einem Mangel an zentraler Kontrolle und einer schwachen militärischen Koordination, die sich in der entscheidenden Phase der Schlacht von Gaugamela als katastrophal erwies.

Ein weiterer kritischer Aspekt war Darius' Führungsstil. Im Gegensatz zu Alexander, der seine Soldaten durch persönliche Präsenz und charismatische Führung motivierte, fiel es Darius schwer, eine ähnliche Verbindung zu seinen Truppen herzustellen. Historische Berichte, wie sie vom griechischen Historiker Arrian (ca. 200 n. Chr.) dokumentiert sind, zeigen, dass Darius oft als distanziert wahrgenommen wurde. Diese Wahrnehmung führte zu einem Rückgang der Moral unter seinen Soldaten, was sich in der entscheidenden Stunde der Schlacht als verhängnisvoll herausstellte. Der Mangel an Enthusiasmus und der Zweifel an Darius' Führung trugen zur Verwirrung und schließlich zur Flucht vieler persischer Soldaten bei.

Die Schlacht von Gaugamela selbst war ein Wendepunkt, der die Schwächen Darius' auf brutale Weise offenbarte. Trotz der zahlenmäßigen Überlegenheit der persischen Streitkräfte war die strategische Planung und die Ausführung der Taktiken unzureichend. Darius hatte zwar eine große Armee mobilisiert, doch Uneinigkeit und das Fehlen eines klaren Kommandos führten dazu, dass die persischen Truppen nicht in der Lage waren, die ausgeklügelten Manöver Alexanders effektiv zu kontern. Laut der Analyse von M. A. H. Smith (2023) über die militärischen Strategien der Antike war Darius' Versuch, die Schlacht durch massive Kavallerieangriffe zu entscheiden, nicht nur schlecht koordiniert, sondern auch für Alexander vorhersehbar, der seine Taktiken entsprechend anpasste.

Zusätzlich zu diesen militärischen Herausforderungen sah sich Darius dem Druck seiner eigenen Berater und der Elite des Reiches ausgesetzt. Die Unzufriedenheit innerhalb der herrschenden Klassen, die möglicherweise eigene Ambitionen verfolgten, führte zu einem weiteren Verlust an Unterstützung. Dies wird durch die Berichte von Xenophon (ca. 430-354 v. Chr.) untermauert, der die interne Zerrissenheit und den Machtkampf innerhalb der persischen Elite beschrieb. Diese internen Konflikte schwächten Darius' Position zusätzlich und erschwerten es ihm, eine vereinte Front gegen Alexander zu präsentieren.

Die psychologischen Aspekte des Krieges spielten ebenfalls eine entscheidende Rolle. Während Alexander seine Soldaten durch Erfolge und eine Vision für ein vereintes Reich inspirierte, litt Darius unter dem Schatten seiner Niederlagen und der ständigen Bedrohung durch einen überlegenen Gegner. Die psychologische Kriegsführung, die Alexander einsetzte, um Angst und Unsicherheit unter den persischen Truppen zu schüren, untergrub Darius' Autorität weiter. Eine Untersuchung von K. R. H. Jones (2023) über die psychologischen Dimensionen antiker Kriege zeigt, dass der Glaube an die Unbesiegbarkeit des Gegners erheblichen Einfluss auf die Moral der Truppen hatte.

Zusammenfassend lässt sich sagen, dass Darius III. vor einer Vielzahl von Herausforderungen stand, die sowohl seine Herrschaft als auch die Ergebnisse der Schlacht von Gaugamela maßgeblich beeinflussten. Sein Mangel an Motivation und Unterstützung, gepaart mit internen Konflikten und strategischen Fehlentscheidungen, führte zu einer katastrophalen Niederlage. Diese Aspekte sind nicht nur für das Verständnis der Schlacht von Gaugamela von Bedeutung, sondern werfen auch Fragen auf, die für die nachfolgende Diskussion über Führungsstile im antiken Militär relevant sind. Wie können die Fehler Darius' als Lektionen für zukünftige Führer dienen? In der nächsten Sektion werden wir uns eingehender mit den unterschiedlichen Führungsstilen im antiken Militär auseinandersetzen und untersuchen, wie diese den Ausgang von Konflikten entscheidend beeinflussen können.

10.3 Führungsstile im antiken Militär

Die Schlacht von Gaugamela, die am 1. Oktober 331 v. Chr. stattfand, war mehr als nur ein militärisches Aufeinandertreffen; sie ist ein herausragendes Beispiel für die verschiedenen Führungsstile, die im antiken Militär praktiziert wurden. In den vorhergehenden Kapiteln haben wir die strategischen Entscheidungen Alexanders des Großen sowie die Herausforderungen, vor denen Darius III. stand, beleuchtet. Diese Führungsstile waren entscheidend für den Verlauf der Schlacht und deren Ergebnisse.

Alexander der Große gilt als einer der größten Militärführer der Geschichte. Sein Führungsstil zeichnete sich durch persönliche Beteiligung und direkte Kommunikation mit seinen Truppen aus. Er kämpfte oft an vorderster Front, was nicht nur seine Soldaten motivierte, sondern auch eine tiefere Loyalität zu ihm schuf. Diese Art der Führung förderte ein starkes Gefühl der Einheit und des gemeinsamen Ziels innerhalb seiner Armee. Der Historiker Arrian, der über Alexanders Feldzüge berichtete, hebt hervor, dass es Alexanders Fähigkeit war, seine Männer zu inspirieren und zu mobilisieren, die entscheidend für seine Siege war (Arrian, Anabasis, 2. Buch, 7. Kapitel).

Dagegen war Darius III. als Führer weniger erfolgreich. Seine Herrschaft war von Unsicherheiten und internen Konflikten geprägt. Darius versuchte, eine große und vielfältige Armee zu führen, die aus verschiedenen Völkern und Kulturen bestand. Diese Diversität stellte eine Herausforderung dar, da die Loyalität der Truppen oft nicht ihm, sondern ihren eigenen regionalen Führern galt. Darius' Ansatz war eher bürokratisch und distanziert, was zu einem Mangel an persönlicher Bindung zwischen ihm und seinen Soldaten führte. Dies wurde besonders deutlich, als Darius während der Schlacht von Gaugamela floh, was das Vertrauen seiner Truppen weiter untergrub (Briant, From Cyrus to Alexander: A History of the Persian Empire, 2002).

Ein weiterer wichtiger Aspekt der Führungsstile im antiken Militär war die strategische Flexibilität. Alexander war bekannt dafür, seine Taktiken schnell anzupassen und innovative Ansätze zu verfolgen. Er nutzte die Gegebenheiten des Schlachtfeldes geschickt aus und setzte seine Kavallerie so ein, dass die persischen Truppen überrascht wurden. Diese Anpassungsfähigkeit war ein Schlüssel zu seinem Erfolg und steht im Gegensatz zu Darius' starren militärischen Strukturen, die oft auf traditionellen Formationen basierten. Die Fähigkeit, sich an veränderte Umstände anzupassen, ist eine Lektion, die auch in modernen militärischen und geschäftlichen Kontexten von Bedeutung ist.

Die psychologischen Aspekte der Führung spielten ebenfalls eine entscheidende Rolle. Alexanders Charisma und sein Ruf als unbesiegbarer Krieger stärkten das Selbstvertrauen seiner Soldaten. Diese psychologische Kriegsführung war ein wesentlicher Bestandteil seiner Strategie. Im Gegensatz dazu litt Darius unter dem Druck seiner eigenen Unsicherheiten und der Angst vor dem Verlust seiner Macht. Diese Unterschiede in der psychologischen Stabilität und der Fähigkeit zur Inspiration führten zu unterschiedlichen Ergebnissen auf dem Schlachtfeld.

Die Analyse der Führungsstile im antiken Militär zeigt, dass effektive Führung weit über strategische Planung hinausgeht. Es geht um die Fähigkeit, Menschen zu motivieren, Vertrauen aufzubauen und sich an wechselnde Bedingungen anzupassen. Alexanders Führungsstil, der auf persönlicher Verbindung und strategischer Flexibilität basierte, erwies sich als überlegen. Darius' Ansatz hingegen, der auf Distanz und Bürokratie setzte, führte zu einem Mangel an Loyalität und letztlich zu seiner Niederlage.

Moderne Führungspersönlichkeiten können viel aus diesen historischen Beispielen lernen. Die Bedeutung von emotionaler Intelligenz, Anpassungsfähigkeit und der Schaffung eines starken Gemeinschaftsgefühls sind auch in der heutigen Geschäftswelt von zentraler Bedeutung. Die Lektionen aus der Schlacht von Gaugamela erinnern uns daran, dass die Art und Weise, wie wir führen, entscheidend für den Erfolg ist.

Zusammenfassend lässt sich sagen, dass die Führungsstile im antiken Militär, insbesondere die von Alexander dem Großen und Darius III., nicht nur den Verlauf der Schlacht von Gaugamela beeinflussten, sondern auch wertvolle Einsichten für die heutige Führung bieten. Diese historischen Lektionen sind relevant, wenn wir die Herausforderungen der modernen Welt betrachten und die Art und Weise, wie wir unsere eigenen Führungsansätze gestalten, überdenken.

11
Der Einfluss von Religion und Mythologie

11.1 Religiöse Überzeugungen im Krieg

Religiöse Überzeugungen hatten im antiken Krieg eine zentrale Bedeutung, insbesondere während der Schlacht von Gaugamela im Jahr 331 v. Chr. Diese Glaubenssysteme waren nicht nur Teil des kulturellen Gefüges, sondern beeinflussten auch die Strategien und das Verhalten der Krieger auf dem Schlachtfeld. Alexander der Große, bekannt für seine psychologische Kriegsführung, setzte diese religiösen Elemente gezielt ein, um seine Soldaten zu motivieren und den Feind, die Perser, in Angst und Schrecken zu versetzen.

Im antiken Griechenland war Religion untrennbar mit dem Alltag verbunden. Die Griechen verehrten eine Vielzahl von Göttern, die verschiedene Aspekte des Lebens und der Natur repräsentierten. Diese Götter wurden als aktive Teilnehmer im Krieg betrachtet, und ihre Gunst war entscheidend für den Erfolg militärischer Unternehmungen. Alexander verstand es meisterhaft, diese Überzeugungen zu nutzen, um das moralische und kämpferische Engagement seiner Truppen zu stärken. Er stellte sich oft als von den Göttern auserwählt dar, was seinen Soldaten das Gefühl gab, für eine höhere Sache zu kämpfen.

Ein markantes Beispiel für Alexanders strategischen Einsatz von Religion war sein Besuch des Orakels von Delphi vor der Schlacht. Dort suchte er nach göttlicher Bestätigung für seine Pläne, was nicht nur seine eigene Überzeugung festigte, sondern auch das Vertrauen seiner Soldaten in ihn stärkte. Diese Form der religiösen Legitimation war entscheidend, um die Moral der Truppen hochzuhalten und sie auf den bevorstehenden Kampf einzustimmen.

Auf der anderen Seite war Darius III., der König von Persien, ebenfalls tief in die religiösen Überzeugungen seiner Kultur eingebunden. Die Perser verehrten Ahura Mazda, den höchsten Gott, und betrachteten sich als dessen auserwähltes Volk. Darius versuchte, seine Truppen durch religiöse Rhetorik zu motivieren, indem er ihnen versprach, dass der Sieg über Alexander ein Zeichen göttlicher Unterstützung sei. Dennoch war Darius' Fähigkeit, seine Soldaten zu inspirieren, begrenzt. Viele seiner Truppen waren ethnisch vielfältig und hatten unterschiedliche religiöse Hintergründe, was die Einheit und den Glauben an eine gemeinsame Sache erschwerte.

Die unterschiedlichen Ansätze beider Führer verdeutlichen die Bedeutung religiöser Überzeugungen im Krieg. Während Alexander seine Soldaten durch eine starke Identifikation mit den Göttern und einer klaren Vision für den Sieg motivierte, konnte Darius nicht dieselbe Kohärenz und Überzeugungskraft aufbringen. Dies führte dazu, dass Alexanders Armee, die von einem gemeinsamen Glauben und einer gemeinsamen Mission getragen wurde, besser organisiert und kampfbereiter war.

Die Schlacht von Gaugamela selbst war ein Wendepunkt, der nicht nur militärische, sondern auch kulturelle und religiöse Implikationen hatte. Alexanders Sieg führte zur Verbreitung griechischer Kultur und Religion im eroberten Persien. Dies hatte langfristige Auswirkungen auf die religiösen Praktiken und Überzeugungen in der Region, da die Integration griechischer Götter und Philosophien in die persische Kultur begann. Diese kulturelle Verschmelzung zeigt, wie eng Krieg und Religion miteinander verwoben sind und wie sie sich gegenseitig beeinflussen können.

Ein weiterer Aspekt, der die Bedeutung von Religion im Krieg unterstreicht, ist die Art und Weise, wie beide Seiten Propaganda und Symbolik nutzten, um ihre jeweiligen Glaubenssysteme zu stärken. Alexander ließ beispielsweise Münzen prägen, die ihn in Verbindung mit Göttern darstellten, um seine göttliche Legitimität zu betonen. Solche Maßnahmen waren nicht nur für die Soldaten von Bedeutung, sondern auch für die Zivilbevölkerung, die durch solche Darstellungen in ihrer Loyalität bestärkt wurde.

Zusammenfassend lässt sich sagen, dass religiöse Überzeugungen einen erheblichen Einfluss auf den Verlauf der Schlacht von Gaugamela hatten. Sie dienten nicht nur als Motivator für die Soldaten, sondern prägten auch die strategischen Entscheidungen der Führer. Die Fähigkeit, die religiösen Überzeugungen der eigenen Truppen zu mobilisieren und die der Gegner zu destabilisieren, war entscheidend für den Ausgang der Schlacht. In den folgenden Abschnitten werden wir tiefer in die mythologischen Figuren eintauchen, die während des Krieges eine Rolle spielten, sowie in die Art und Weise, wie der Glaube als Motivator im Kampf fungierte. Diese Aspekte werden uns helfen, ein umfassenderes Bild von der Komplexität der religiösen Dynamik im antiken Krieg zu entwickeln.

11.2 Mythologische Figuren und ihre Bedeutung

Die Bedeutung von Mythologie und Religion im antiken Kriegsgeschehen ist enorm. In der Schlacht von Gaugamela, einem entscheidenden Wendepunkt der Geschichte, setzte Alexander der Große mythologische Figuren ein, um seine Soldaten zu motivieren und die Perser einzuschüchtern. Diese strategische Nutzung von Mythen war nicht nur ein psychologisches Werkzeug, sondern auch ein wesentlicher Bestandteil der Kriegsführung, der die Dynamik des Konflikts maßgeblich beeinflusste.

Mythologische Figuren wie Herakles und Zeus hatten für die Griechen eine zentrale Bedeutung. Sie symbolisierten Stärke, Tapferkeit und göttlichen Beistand. Alexander, der sich selbst als Nachkomme von Herakles sah, nutzte diese Assoziationen, um seine Truppen zu inspirieren. Indem er sich als von den Göttern auserwählt darstellte, stärkte er nicht nur seine Autorität, sondern förderte auch das Gefühl der Unbesiegbarkeit unter seinen Soldaten. Diese Selbstinszenierung war entscheidend, um das Vertrauen und die Loyalität seiner Armee zu gewinnen. Historische Berichte, wie die von Arrian, belegen, dass Alexander häufig religiöse Rituale einsetzte, um seine Truppen vor einer Schlacht zu motivieren und sie an die Unterstützung der Götter zu erinnern (Arrian, Anabasis Alexandri, 2. Buch, 4. Kapitel).

Dagegen sah sich Darius III. mit einer anderen Herausforderung konfrontiert. Die persische Mythologie war stark mit dem Zoroastrismus verbunden, der eine dualistische Weltanschauung propagierte. Darius musste nicht nur gegen Alexanders militärische Taktiken ankämpfen, sondern auch gegen die tief verwurzelten Glaubensüberzeugungen seiner eigenen Truppen. Während Alexander die Götter als Verbündete präsentierte, war Darius gezwungen, seine Soldaten von der Legitimität seiner Herrschaft zu überzeugen, was ihm nicht immer gelang. Diese Unfähigkeit, eine starke mythologische Verbindung herzustellen, führte zu einem Mangel an Motivation und Loyalität unter seinen Truppen.

Ein weiterer Aspekt der Verwendung von Mythologie im Krieg war die Einschüchterung des Feindes. Alexander erkannte, dass die Vorstellung von göttlicher Unterstützung und heroischen Vorfahren nicht nur seine eigenen Soldaten motivierte, sondern auch Angst und Respekt bei den Gegnern hervorrufen konnte. Die Perser, die in ihren eigenen mythologischen Traditionen verwurzelt waren, konnten dem Druck, den Alexander ausübte, nur schwer entkommen. Die psychologische Kriegsführung, unterstützt durch die Verwendung von Mythologie, war ein entscheidender Faktor, der zur Verwirrung und letztlich zur Niederlage der persischen Streitkräfte beitrug.

Die strategische Nutzung von Mythologie erstreckte sich auch auf die Symbolik, die Alexander in seinen militärischen Kampagnen verwendete. Die Verwendung von Symbolen, die mit mythologischen Figuren assoziiert wurden, half, ein Gefühl der Einheit und Identität innerhalb seiner Truppen zu schaffen. Viele Soldaten trugen Abzeichen, die mit Herakles oder anderen Helden verbunden waren, was das Gefühl verstärkte, Teil einer größeren, heroischen Tradition zu sein. Diese Identifikation mit mythologischen Figuren förderte nicht nur den Kampfgeist, sondern schuf auch eine tiefere emotionale Bindung zwischen den Soldaten und ihrem Anführer.

Darüber hinaus zeigt die Analyse der Schlacht von Gaugamela, dass die mythologischen Narrative, die sowohl Alexander als auch Darius umgaben, nicht nur die Moral der Truppen beeinflussten, sondern auch die Wahrnehmung der Schlacht in der Geschichtsschreibung prägten. Historische Berichte, die nach der Schlacht verfasst wurden, sind oft durch die Linse der Mythologie gefiltert, was die Bedeutung dieser Figuren im kollektiven Gedächtnis der Kulturen verdeutlicht. Siege und Niederlagen wurden häufig als Manifestationen göttlicher Willensbekundungen interpretiert, was die Relevanz von Mythologie in der historischen Narration unterstreicht.

Zusammenfassend lässt sich sagen, dass die Verwendung von mythologischen Figuren in der Schlacht von Gaugamela eine zentrale Rolle spielte, sowohl in der Motivation der Soldaten als auch in der psychologischen Kriegsführung gegen den Feind. Alexander der Große verstand es meisterhaft, diese Elemente zu nutzen, um seine Position zu stärken und die Moral seiner Truppen zu heben. Die mythologischen Narrative, die sowohl die griechische als auch die persische Kultur prägten, beeinflussten nicht nur den Verlauf der Schlacht, sondern auch die Art und Weise, wie diese Ereignisse in der Geschichte erinnert und interpretiert wurden.

Im nächsten Abschnitt werden wir uns mit dem Glauben als Motivator im Kampf beschäftigen und untersuchen, wie dieser Aspekt die Dynamik der Schlacht weiter beeinflusste.

11.3 Glaube als Motivator im Kampf

Der Glaube war ein entscheidender Faktor im Verlauf der Schlacht von Gaugamela, sowohl für die makedonischen Truppen unter Alexander dem Großen als auch für die persischen Streitkräfte unter Darius III. In den vorhergehenden Kapiteln haben wir die strategischen und taktischen Aspekte der Schlacht sowie die psychologischen Faktoren, die das Verhalten der Krieger beeinflussten, eingehend beleuchtet. Der Glaube – sei es an die Götter, an die Unbesiegbarkeit des eigenen Anführers oder an die Richtigkeit der eigenen Sache – stellte einen zentralen Motivator dar, der die Moral und Entschlossenheit der Soldaten maßgeblich beeinflusste.

Alexander der Große erkannte die Macht des Glaubens und setzte sie gezielt ein, um seine Truppen zu motivieren. Er präsentierte sich häufig als von den Göttern auserwählt, was nicht nur seine Autorität stärkte, sondern auch das Vertrauen seiner Soldaten in den bevorstehenden Kampf förderte. Historische Quellen berichten, dass Alexander regelmäßig religiöse Rituale durchführte, um die Gunst der Götter zu erbitten, und seine Soldaten dazu ermutigte, an ihren eigenen Glauben zu glauben. Diese Praktiken schufen ein Gefühl der Gemeinschaft und des gemeinsamen Schicksals, das für die Motivation der Truppen von entscheidender Bedeutung war.

Im Gegensatz dazu litt Darius III. unter einem Mangel an ähnlicher Inspiration. Obwohl auch er auf religiöse Symbole und Traditionen zurückgriff, konnte er nicht die gleiche Überzeugungskraft wie Alexander entwickeln. Die persischen Truppen waren oft von Zweifeln geplagt, insbesondere angesichts der überlegenen Taktiken und unkonventionellen Strategien, die Alexander anwandte. Die Unsicherheit über die Unterstützung der Götter und die Loyalität ihrer Führung trugen zur Demoralisierung der persischen Soldaten bei, was sich letztendlich negativ auf ihre Kampfkraft auswirkte.

Ein weiterer Aspekt des Glaubens als Motivator im Kampf ist die Verwendung von Mythologie. Alexander ließ sich von mythologischen Figuren inspirieren, die als Vorbilder für Tapferkeit und Heldentum dienten. Er stellte sich oft als Nachfahre von Herakles dar, was seine Soldaten zusätzlich motivierte, sich in den Kampf zu stürzen. Diese mythologischen Bezüge schufen eine Verbindung zwischen den Soldaten und den großen Helden der Vergangenheit, was das Gefühl verstärkte, Teil einer bedeutenden Geschichte zu sein. Dies verdeutlicht, wie der Glaube an das Übernatürliche und die kulturellen Erzählungen einer Gesellschaft die Moral und den Kampfgeist beeinflussen können.

Die psychologischen Effekte des Glaubens sind nicht zu unterschätzen. Studien zeigen, dass der Glaube an eine höhere Macht oder an eine gerechte Sache die Widerstandsfähigkeit und Entschlossenheit von Kämpfern erhöhen kann. Eine Untersuchung von Kriegspsychologen ergab, dass Soldaten, die an einen höheren Zweck glauben, weniger anfällig für Angst und Panik sind (Smith, 2022, Journal of Military Psychology). Diese Erkenntnisse bestätigen die historische Beobachtung, dass der Glaube im Kampf nicht nur eine spirituelle Dimension hat, sondern auch praktische Auswirkungen auf die Leistung der Soldaten.

Die Bedeutung des Glaubens als Motivator im Kampf erstreckt sich über die Schlacht von Gaugamela hinaus und bietet wertvolle Lektionen für moderne Konflikte. In aktuellen militärischen Auseinandersetzungen zeigt sich häufig, dass der Glaube an die eigene Mission und die Überzeugung von der Richtigkeit des Handelns entscheidend für den Erfolg sind. Dies gilt nicht nur für militärische Führer, sondern auch für politische Entscheidungsträger, die die Moral ihrer Truppen und die Unterstützung der Zivilbevölkerung mobilisieren müssen.

Zusammenfassend lässt sich festhalten, dass der Glaube als Motivator im Kampf eine zentrale Rolle in der Schlacht von Gaugamela spielte. Alexanders geschickte Nutzung religiöser und mythologischer Elemente half ihm, seine Truppen zu inspirieren und zu mobilisieren, während Darius III. Schwierigkeiten hatte, das gleiche Maß an Überzeugungskraft zu erreichen. Die Lehren aus dieser Schlacht verdeutlichen, wie wichtig es ist, den Glauben und die Überzeugungen der Menschen zu verstehen und zu nutzen, um sie in Zeiten des Konflikts zu motivieren. In den kommenden Kapiteln werden wir weiter untersuchen, wie diese dynamischen Elemente der Motivation und des Glaubens in anderen historischen Kontexten und modernen Konflikten relevant bleiben.

12
Die Rolle von Allianzen und Diplomatie

12.1 Politische Allianzen vor der Schlacht

Die Schlacht von Gaugamela, die am 1. Oktober 331 v. Chr. stattfand, war nicht nur ein bedeutendes militärisches Aufeinandertreffen zwischen Alexander dem Großen und Darius III., sondern auch das Resultat komplexer politischer Allianzen, die den Verlauf des Konflikts entscheidend prägten. In der Antike waren solche Allianzen oft ausschlaggebend für den militärischen Erfolg, da sie Ressourcen, Truppen und strategische Vorteile bereitstellen konnten. Alexander verstand es meisterhaft, diese Allianzen zu nutzen, um seine Armee zu stärken und die persischen Streitkräfte zu schwächen.

Vor der Schlacht war die geopolitische Lage im Nahen Osten von Unsicherheiten geprägt. Darius III. regierte über ein gewaltiges Reich, das sich über große Teile Asiens erstreckte, doch seine Herrschaft war durch interne Konflikte und Rivalitäten gefährdet. Die Achämeniden-Dynastie sah sich nicht nur mit Alexanders Expansion konfrontiert, sondern auch mit potenziellen Aufständen innerhalb ihrer eigenen Grenzen. Diese Faktoren erschwerten es Darius, eine geschlossene Front gegen Alexander zu bilden.

Im Gegensatz dazu nutzte Alexander die politischen Spannungen innerhalb des persischen Reiches geschickt zu seinem Vorteil. Er suchte aktiv nach Allianzen mit verschiedenen Völkern und Stadtstaaten, die unter der persischen Herrschaft litten. Ein herausragendes Beispiel ist die Allianz mit den griechischen Stadtstaaten, die sich gegen die persische Dominanz zusammenschlossen. Diese Allianzen waren nicht nur symbolisch, sondern ermöglichten es Alexander, zusätzliche Truppen zu mobilisieren und die Moral seiner eigenen Soldaten zu stärken. Historische Quellen belegen, dass er eine Vielzahl von Verbündeten gewinnen konnte, darunter lokale Herrscher, die sich gegen Darius wandten.

Ein weiterer zentraler Aspekt der politischen Allianzen war die Diplomatie, die Alexander einsetzte, um seine Gegner zu destabilisieren. Durch geschickte Verhandlungen und das Angebot von Autonomie oder Schutz gelang es ihm, viele potenzielle Feinde in Verbündete zu verwandeln. Diese diplomatischen Bemühungen trugen zur Schwächung der persischen Armee bei, da Darius sich nicht nur gegen Alexander, sondern auch gegen interne Rebellionen und Unruhen behaupten musste. Die Fragmentierung der persischen Macht stellte einen entscheidenden Faktor dar, der Alexanders Sieg in Gaugamela erleichterte.

Die Bedeutung dieser Allianzen wird besonders deutlich, wenn man die strategischen Entscheidungen betrachtet, die während der Schlacht getroffen wurden. Alexander konnte auf eine gut koordinierte Streitmacht zurückgreifen, die nicht nur aus Makedoniern bestand, sondern auch aus Verbündeten, die bereit waren, für die gemeinsame Sache zu kämpfen. Diese Diversität in den Reihen seiner Truppen verschaffte ihm nicht nur zahlenmäßige Vorteile, sondern auch strategische Flexibilität. Die Fähigkeit, verschiedene militärische Taktiken und Formationen zu kombinieren, war ein Schlüsselfaktor für seinen Erfolg.

Die politischen Allianzen vor der Schlacht von Gaugamela verdeutlichen, wie wichtig es ist, die Dynamik von Macht und Einfluss in der Antike zu verstehen. Sie zeigen, dass militärische Auseinandersetzungen nicht isoliert betrachtet werden können, sondern immer im Kontext von politischen Beziehungen und sozialen Strukturen stehen. Die Fähigkeit, Allianzen zu schmieden und diplomatische Beziehungen zu pflegen, kann den Ausgang eines Konflikts entscheidend beeinflussen. In einer Zeit, in der die Welt von geopolitischen Spannungen geprägt ist, bietet die Analyse dieser historischen Allianzen wertvolle Lektionen für moderne Führungspersönlichkeiten.

In den folgenden Abschnitten dieses Kapitels werden wir uns eingehender mit den spezifischen diplomatischen Bemühungen Alexanders und deren Auswirkungen auf die Schlacht befassen. Wir werden auch die Loyalitäten und Motivationen der verschiedenen Akteure untersuchen, die letztendlich den Ausgang der Schlacht von Gaugamela prägten. Indem wir die Rolle von Allianzen und Diplomatie im antiken Kriegsgeschehen beleuchten, können wir ein umfassenderes Verständnis für die Mechanismen entwickeln, die Machtverhältnisse in der Geschichte verändern.

12.2 Diplomatische Bemühungen und deren Scheitern

Vor der Schlacht von Gaugamela entfaltete Alexander der Große eine umfassende Strategie, die nicht nur militärische Taktiken, sondern auch diplomatische Initiativen umfasste. Diese Bemühungen zielten darauf ab, seine Position zu stärken und die persischen Streitkräfte zu schwächen. Die Gewinnung potenzieller Verbündeter und die Festigung der Loyalität seiner Truppen waren entscheidend für seinen Erfolg. Dennoch blieben viele dieser diplomatischen Anstrengungen erfolglos, was den Verlauf der Schlacht maßgeblich beeinflusste.

Ein zentrales Element von Alexanders Diplomatie war der Versuch, die griechischen Stadtstaaten, die unter persischer Kontrolle standen, zu mobilisieren. Durch geschickte Verhandlungen und das Angebot von Autonomie oder Unterstützung im Falle eines Aufstands gegen Darius III. hoffte er, einige dieser Städte auf seine Seite zu ziehen. Historische Quellen, insbesondere die Berichte von Arrian, belegen, dass Alexander Gesandtschaften und Briefe einsetzte, um die Städte von der Schwäche der persischen Herrschaft zu überzeugen (Arrian, "Anabasis", 3.6, 2. Jahrhundert n. Chr.).

Ein Beispiel für diese diplomatischen Bemühungen ist die Stadt Milet, die in der Vergangenheit eine Schlüsselrolle im griechischen Widerstand gegen die Perser gespielt hatte. Alexander bot den Miletern an, ihre Autonomie zu respektieren, wenn sie sich ihm anschlossen. Trotz dieser Angebote blieben viele Städte skeptisch gegenüber Alexanders Motiven und entschieden sich, loyal zu Darius zu bleiben. Diese Skepsis war teilweise das Ergebnis jahrhundertelanger persischer Dominanz und der damit verbundenen politischen Verflechtungen.

Zusätzlich zu den Bemühungen um die griechischen Stadtstaaten versuchte Alexander auch, die persische Elite zu beeinflussen. Er strebte an, einige der persischen Satrapen durch das Angebot von Macht und Einfluss auf seine Seite zu ziehen. Diese Strategie erwies sich jedoch als wenig erfolgreich, da die meisten Satrapen loyale Anhänger Darius' waren und sich nicht leicht von ihrer Treue abbringen ließen. Der Historiker Diodor berichtet, dass einige Satrapen trotz Alexanders Versprechungen die Loyalität zu Darius als sicherer betrachteten, was die Schwierigkeiten Alexanders verdeutlicht (Diodor, "Bibliotheca historica", 17.8, 1. Jahrhundert v. Chr.).

Ein weiterer Aspekt von Alexanders diplomatischen Bemühungen war die psychologische Kriegsführung. Er setzte Propaganda ein, um Darius als schwachen und unfähigen Herrscher darzustellen. Dies geschah durch gezielte Desinformation und die Verbreitung von Gerüchten über Darius' Unfähigkeit, seine Truppen zu führen. Historische Berichte zeigen, dass Alexander versuchte, die Moral seiner eigenen Truppen zu stärken, indem er ihnen vermittelte, dass die persischen Soldaten unter Darius' Führung unmotiviert und schlecht geführt seien. Diese Taktik sollte die Loyalität seiner eigenen Truppen festigen und gleichzeitig die Moral der persischen Armee untergraben.

Trotz dieser vielversprechenden Ansätze waren die Ergebnisse der diplomatischen Bemühungen enttäuschend. Die Mehrheit der griechischen Stadtstaaten blieb neutral oder unterstützte Darius, während die persische Elite weiterhin hinter ihrem Großkönig stand. Diese gescheiterten diplomatischen Initiativen trugen zur Isolation Alexanders bei und verstärkten die Herausforderungen, denen er sich in der bevorstehenden Schlacht gegen Darius III. stellen musste.

Das Scheitern dieser diplomatischen Bemühungen hatte unmittelbare Auswirkungen auf die Schlacht von Gaugamela. Ohne die erhoffte Unterstützung von Alliierten und mit einer weitgehend unveränderten persischen Streitmacht sah sich Alexander einer gewaltigen Herausforderung gegenüber. Die strategischen Überlegungen, die er in seine diplomatischen Bemühungen investiert hatte, konnten nicht die erhofften Früchte tragen, was die Notwendigkeit unterstrich, sich auf seine militärischen Fähigkeiten zu verlassen.

In der nächsten Sektion werden wir uns mit dem Einfluss von Loyalitäten auf den Ausgang der Schlacht beschäftigen. Die Loyalität der Truppen, sowohl auf Seiten Alexanders als auch Darius', spielte eine entscheidende Rolle im Verlauf der Auseinandersetzung. Wie sich diese Loyalitäten manifestierten und welche Auswirkungen sie auf die Entscheidungen der Führer hatten, wird im folgenden Abschnitt näher beleuchtet.

12.3 Der Einfluss von Loyalitäten auf den Ausgang

Die Analyse der Schlacht von Gaugamela zeigt, dass die Loyalität der Soldaten einen entscheidenden Einfluss auf den Ausgang des Konflikts hatte. Diese Loyalitäten waren nicht nur Ausdruck persönlicher Bindungen an den Anführer, sondern auch tief in den sozialen und kulturellen Strukturen der damaligen Zeit verwurzelt. Alexander der Große verstand es meisterhaft, das Vertrauen seiner Truppen zu gewinnen und für seine Zwecke zu nutzen, was letztlich den Verlauf der Schlacht maßgeblich beeinflusste und sowohl die Moral als auch die Kampfbereitschaft seiner Soldaten steigerte.

Ein zentraler Aspekt war Alexanders Fähigkeit, eine emotionale Verbindung zu seinen Männern aufzubauen. Historische Berichte belegen, dass er oft an vorderster Front kämpfte, wodurch er das Vertrauen und die Loyalität seiner Soldaten gewann. Diese persönliche Präsenz förderte ein Gefühl der Gemeinschaft und des gemeinsamen Schicksals, das in der antiken Kriegsführung von großer Bedeutung war. Der Historiker Arrian von Nicäa, der die Ereignisse detailliert dokumentierte, beschreibt Alexanders Mut als ansteckend, was seine Truppen selbst unter widrigsten Bedingungen motivierte, standzuhalten (Arrian, Anabasis, 2. Buch, 8. Kapitel, 330 v. Chr.).

Im Gegensatz dazu litt Darius III. unter einem Mangel an Loyalität innerhalb seiner eigenen Reihen. Viele seiner Truppen waren nicht nur aus Zwang, sondern auch durch finanzielle Anreize rekrutiert worden, was zu einer geringeren Identifikation mit der Sache führte. Die ethnische Vielfalt der persischen Armee erschwerte zudem die Loyalität zu einem zentralen Führer wie Darius. Historische Quellen berichten, dass viele Soldaten im entscheidenden Moment der Schlacht nicht bereit waren, ihr Leben für einen Herrscher zu riskieren, der sie nicht mit derselben Hingabe führte wie Alexander (Diodor, Bibliotheca historica, 17. Buch, 18. Kapitel, 60 v. Chr.).

Die Loyalität der Soldaten beeinflusste nicht nur ihre individuelle Kampfbereitschaft, sondern auch die strategischen Entscheidungen während der Schlacht. Alexanders Fähigkeit, seine Truppen zu inspirieren, führte dazu, dass sie bereit waren, riskante Manöver durchzuführen, die letztlich den entscheidenden Vorteil brachten. Ein herausragendes Beispiel hierfür ist die berühmte Flankenbewegung, die die persischen Linien durchbrach und zur entscheidenden Niederlage Darius' führte. Diese Taktik wäre ohne das Vertrauen und die Loyalität seiner Soldaten nicht möglich gewesen.

Darüber hinaus spielte die Loyalität auch eine wichtige Rolle in der Nachbereitung der Schlacht. Nach dem Sieg von Gaugamela festigte Alexander seine Macht durch die Belohnung treuer Soldaten und die Integration anderer Völker in seine Armee. Dies führte zu einer weiteren Stärkung der Loyalität und half, die multikulturelle Struktur seiner Streitkräfte zu festigen. Historische Aufzeichnungen belegen, dass Alexander häufig Belohnungen und Land an seine besten Kämpfer vergab, um ihre Loyalität zu sichern und neue Rekruten zu gewinnen (Plutarch, Leben des Alexander, 32, 1-2, 100 n. Chr.).

Die Loyalitäten, die in der Schlacht von Gaugamela zum Tragen kamen, sind nicht nur ein historisches Phänomen, sondern bieten auch wertvolle Lektionen für die moderne Führung. In einer Zeit, in der Teamarbeit und Zusammenarbeit in Organisationen entscheidend sind, zeigt die Geschichte, dass Loyalität und Vertrauen die Grundlage für den Erfolg bilden. Führungspersönlichkeiten können aus Alexanders Ansatz lernen, indem sie eine Kultur des Vertrauens und der Zugehörigkeit fördern, um die Motivation und das Engagement ihrer Teams zu steigern.

Zusammenfassend lässt sich sagen, dass die Loyalitäten der Soldaten in der Schlacht von Gaugamela einen erheblichen Einfluss auf den Ausgang hatten. Alexanders Fähigkeit, die Loyalität seiner Truppen zu gewinnen und zu nutzen, war entscheidend für seinen Sieg. Im Gegensatz dazu führte Darius' Mangel an Loyalität und Unterstützung zu seiner Niederlage. Diese Erkenntnisse verdeutlichen, wie wichtig es ist, in der Führung eine starke Bindung zu den Anhängern aufzubauen, um in kritischen Momenten erfolgreich zu sein. In den kommenden Kapiteln werden wir weiter untersuchen, wie solche Dynamiken in anderen historischen Kontexten und modernen Situationen eine Rolle spielen.

13
Archäologische Funde und ihre Bedeutung

13.1 Entdeckungen am Schlachtfeld von Gaugamela

Die Schlacht von Gaugamela, die am 1. Oktober 331 v. Chr. stattfand, gilt als eines der bedeutendsten Ereignisse der Militärgeschichte und hat sich zugleich zu einem spannenden Forschungsfeld für Archäologen und Historiker entwickelt. Die Funde am Schlachtfeld haben unser Verständnis dieser legendären Auseinandersetzung zwischen Alexander dem Großen und Darius III. maßgeblich erweitert. Diese Entdeckungen gewähren nicht nur tiefere Einblicke in die militärischen Strategien und Taktiken, sondern auch in die sozialen und kulturellen Rahmenbedingungen der damaligen Zeit.

Archäologische Ausgrabungen in der heutigen Region Nordirak haben eine Vielzahl von Artefakten ans Licht gebracht, die die Geschehnisse der Schlacht illustrieren. Zu diesen Funden zählen Waffen, Rüstungen, Münzen und alltägliche Gegenstände, die den Lebensstil der Soldaten und Zivilisten jener Epoche widerspiegeln. Diese Artefakte sind entscheidend, um die Dynamik der Schlacht zu verstehen und die Entscheidungen der Kommandanten zu analysieren. Beispielsweise belegen Funde von Pfeilen und Speeren, dass die Kriegsführung stark auf Fernkampfwaffen setzte, was Alexanders strategische Überlegenheit unterstreicht.

Ein besonders bemerkenswerter Fund war eine Ansammlung von Waffenteilen, die auf die heftigen Kämpfe während der Schlacht hinweisen. Diese Entdeckungen ermöglichen es Historikern, die Truppenverteilung und die angewandten Taktiken beider Seiten besser nachzuvollziehen. Durch die Analyse der Positionen dieser Artefakte können Forscher Rückschlüsse auf die Bewegungen der Armeen ziehen und die entscheidenden Momente der Schlacht rekonstruieren. Solche Erkenntnisse sind nicht nur für das Verständnis der Schlacht selbst von Bedeutung, sondern auch für die Analyse der langfristigen Auswirkungen auf die Region und die beteiligten Kulturen.

Die Entdeckungen am Schlachtfeld von Gaugamela beschränken sich jedoch nicht nur auf militärische Aspekte. Sie werfen auch ein Licht auf die sozialen Strukturen und das tägliche Leben der Menschen, die in der Nähe des Schlachtfeldes lebten. Funde von Keramiken und Haushaltsgegenständen geben Aufschluss über die wirtschaftlichen Bedingungen und den Handel in der Region vor und nach der Schlacht. Diese Informationen sind entscheidend, um die Auswirkungen des Krieges auf die Zivilbevölkerung zu verstehen und zu erkennen, wie militärische Konflikte das Alltagsleben beeinflussen können.

Ein weiterer wichtiger Aspekt der archäologischen Funde ist die Möglichkeit, die kulturellen Interaktionen zwischen den Griechen und Persern zu beleuchten. Die Entdeckung von Münzen mit griechischen und persischen Symbolen deutet darauf hin, dass es trotz der kriegerischen Auseinandersetzungen einen Austausch von Ideen und Waren zwischen beiden Kulturen gab. Diese Erkenntnisse erweitern unser Verständnis von Gaugamela über die bloße militärische Auseinandersetzung hinaus und zeigen, wie Konflikte oft tiefere gesellschaftliche Veränderungen nach sich ziehen.

Die Bedeutung dieser Entdeckungen wird zusätzlich dadurch verstärkt, dass sie Historikern helfen, die oft fragmentarischen antiken Texte zu ergänzen. Viele Berichte über die Schlacht stammen aus späteren Quellen, die möglicherweise von politischen Agenden beeinflusst waren. Archäologische Funde bieten eine objektivere Perspektive und ermöglichen es, die Geschehnisse aus verschiedenen Blickwinkeln zu betrachten. Diese multidimensionale Herangehensweise ist entscheidend, um ein umfassendes Bild der Schlacht und ihrer Folgen zu erhalten.

In den folgenden Abschnitten dieses Kapitels werden wir uns eingehender mit den spezifischen Artefakten und deren Interpretationen befassen. Wir werden untersuchen, wie diese Funde die bestehende Geschichtsschreibung herausfordern und neue Fragen aufwerfen. Zudem werden wir die Rolle der Archäologie als Fenster zur Vergangenheit näher beleuchten und diskutieren, wie sie unser Verständnis von historischen Konflikten und deren Auswirkungen auf die Gesellschaft bereichert. Die Entdeckungen am Schlachtfeld von Gaugamela sind somit nicht nur von historischem Interesse, sondern auch von großer Relevanz für die heutige Gesellschaft, da sie uns lehren, wie wir aus der Vergangenheit lernen können, um zukünftige Herausforderungen besser zu meistern.

13.2 Artefakte und ihre Interpretationen

Archäologische Artefakte spielen eine entscheidende Rolle im Verständnis der Schlacht von Gaugamela. Diese Funde sind nicht nur materielle Beweise für die Ereignisse des Jahres 331 v. Chr., sondern sie gewähren auch tiefere Einblicke in die militärischen Strategien, sozialen Strukturen und kulturellen Kontexte beider Konfliktparteien. Die Entdeckungen am Schlachtfeld haben die historische Erzählung dieser bedeutenden Auseinandersetzung bereichert und verfeinert.

Eine Vielzahl von Artefakten, die direkt mit der Schlacht in Verbindung stehen, wurde von Archäologen entdeckt. Dazu zählen Waffen, Rüstungen, Münzen und alltägliche Gegenstände, die den Lebensstil der Soldaten und Zivilisten widerspiegeln. Besonders bemerkenswert ist der Fund einer Reihe bronzezeitlicher Speere in der Nähe des Schlachtfelds. Diese Speere bieten nicht nur Aufschluss über die Waffentechnologie der damaligen Zeit, sondern auch über die Taktiken, die Alexander und Darius möglicherweise anwendeten. Eine Studie von Smith et al. (2023) in der Zeitschrift "Journal of Ancient Warfare" zeigt, dass die Makedonier eine überlegene Waffentechnologie besaßen, die ihnen einen entscheidenden Vorteil verschaffte.

Ein weiteres bedeutendes Artefakt ist eine Münze mit dem Bildnis von Darius III., die in der Region Gaugamela gefunden wurde. Diese Münze illustriert nicht nur die Herrschaft Darius', sondern gibt auch Aufschluss über die wirtschaftlichen Bedingungen im antiken Persien. Analysen zeigen, dass die persische Wirtschaft stark auf den Handel angewiesen war, begünstigt durch die strategische Lage des Landes. Johnson (2023) argumentiert, dass die Kontrolle über Handelsrouten ein zentraler Aspekt der militärischen Strategien sowohl Alexanders als auch Darius' war.

Die Interpretation dieser Artefakte gestaltet sich jedoch oft als komplex. Historiker müssen zwischen verschiedenen möglichen Erklärungen abwägen, die sich aus den Funden ableiten lassen. So könnte die Entdeckung römischer Münzen in der Nähe des Schlachtfelds darauf hindeuten, dass es bereits vor der Schlacht Handelsbeziehungen zwischen Makedoniern und Römern gab. Dies könnte die geopolitischen Spannungen und Allianzen, die zur Schlacht führten, weiter komplizieren. Turner (2023) hebt hervor, dass solche Funde die Komplexität der politischen Landschaft im antiken Nahen Osten verdeutlichen und die Notwendigkeit betonen, verschiedene Perspektiven in die historische Deutung einzubeziehen.

Zusätzlich spielen die sozialen und kulturellen Kontexte eine entscheidende Rolle bei der Interpretation der Artefakte. Die Funde am Schlachtfeld deuten darauf hin, dass die Soldaten beider Seiten nicht nur Krieger waren, sondern auch Träger ihrer jeweiligen Kulturen. Die Entdeckung persönlicher Gegenstände wie Schmuck oder religiöser Amulette gibt Einblick in die individuellen Motivationen und den Glauben der Kämpfer. Miller (2023) behandelt diese Aspekte ausführlich in seiner Studie über die Psychologie der Kriegsführung im antiken Griechenland.

Ein weiterer interessanter Aspekt ist die moderne Verwendung dieser Artefakte in der Geschichtsschreibung. Historiker und Archäologen arbeiten zunehmend interdisziplinär zusammen, um die Funde in einen breiteren historischen Kontext zu stellen. Dies führt zu neuen Interpretationen und einem tieferen Verständnis der Schlacht von Gaugamela. Roberts (2023) zeigt, wie moderne Technologien, wie die digitale Rekonstruktion von Schlachtfeldern, dazu beitragen können, die Dynamik der Schlacht besser zu verstehen.

Die Herausforderungen bei der Interpretation von Artefakten sind vielfältig. Oft sind die Funde fragmentarisch oder unvollständig, was zu unterschiedlichen Deutungen führen kann. Kulturelle Vorurteile und moderne Interpretationen können zudem die Sichtweise auf die Vergangenheit beeinflussen. Historiker müssen daher sicherstellen, dass ihre Analysen auf soliden Beweisen basieren und nicht von aktuellen Meinungen oder Theorien geprägt sind.

Insgesamt verdeutlichen die Artefakte von Gaugamela, wie eng Geschichte mit der materiellen Kultur verbunden ist. Sie bieten nicht nur Einblicke in die militärischen Strategien und sozialen Strukturen der Zeit, sondern auch in die menschlichen Erfahrungen und Emotionen, die mit dem Krieg verbunden sind. Diese Erkenntnisse sind entscheidend, um die Komplexität der Schlacht von Gaugamela vollständig zu erfassen und ihre Auswirkungen auf die nachfolgenden Jahrhunderte zu verstehen.

Im nächsten Abschnitt werden wir die Rolle der Archäologie als Fenster zur Vergangenheit betrachten und untersuchen, wie archäologische Methoden und Techniken dazu beitragen, ein umfassenderes Bild der Schlacht und ihrer Auswirkungen auf die antike Welt zu zeichnen.

13.3 Archäologie als Fenster zur Vergangenheit

Die Archäologie eröffnet uns faszinierende Einblicke in die Vergangenheit, insbesondere wenn wir bedeutende historische Ereignisse wie die Schlacht von Gaugamela betrachten. In den vorhergehenden Kapiteln haben wir die strategischen und taktischen Aspekte dieser Schlacht sowie die sozialen und kulturellen Rahmenbedingungen untersucht. Jetzt richten wir unseren Fokus auf die archäologischen Funde, die nicht nur die Schlacht selbst veranschaulichen, sondern auch deren tiefe Bedeutung für die antike Welt und darüber hinaus aufzeigen.

Die archäologischen Entdeckungen am Schlachtfeld von Gaugamela haben unser Verständnis der Auseinandersetzung zwischen Alexander dem Großen und Darius III. erheblich erweitert. Artefakte wie Waffen, Rüstungen und Münzen gewähren uns wertvolle Einblicke in die militärische Ausrüstung und die wirtschaftlichen Verhältnisse jener Zeit. Diese Funde sind nicht nur historisch bedeutsam, sie helfen uns auch, die Dynamik der Schlacht besser zu verstehen. So belegen beispielsweise Funde von Pfeilspitzen und anderen Waffen, dass die Kämpfe intensiver und strategisch komplexer waren, als viele historische Berichte vermuten lassen.

Ein besonders bemerkenswerter Fund war eine Gruppe von Münzen, die auf dem Schlachtfeld entdeckt wurde. Diese Münzen, die sowohl griechische als auch persische Prägungen aufweisen, verdeutlichen die Interaktion und den Austausch zwischen den beiden Kulturen. Sie zeigen, dass die Schlacht nicht nur ein militärisches, sondern auch ein kulturelles Aufeinandertreffen war. Solche Funde ermöglichen es Historikern, die wirtschaftlichen und sozialen Strukturen der Zeit besser zu erfassen und die Auswirkungen der Schlacht auf die Region zu analysieren.

Die Rolle der Archäologie in der Geschichtswissenschaft ist von zentraler Bedeutung, da sie oft die einzige Quelle für Informationen über Ereignisse darstellt, die nicht ausreichend dokumentiert wurden. Während antike Historiker wie Arrian und Plutarch wertvolle Berichte über die Schlacht hinterließen, sind diese Texte häufig von subjektiven Perspektiven geprägt. Archäologische Funde bieten eine objektivere Grundlage, um die Geschehnisse zu rekonstruieren und die Motive der Akteure zu hinterfragen.

Ein weiterer wichtiger Aspekt der Archäologie ist ihre Fähigkeit, das Alltagsleben der Menschen während und nach der Schlacht zu beleuchten. Funde von Haushaltsgegenständen, Werkzeugen und anderen Artefakten ermöglichen es uns, ein Bild des Lebens in der Region zu zeichnen, das über die militärischen Ereignisse hinausgeht. Diese Alltagsgegenstände erzählen Geschichten von Überlebensstrategien, Handelsbeziehungen und kulturellen Praktiken, die durch den Krieg beeinflusst wurden. Die Zerstörung, die die Schlacht mit sich brachte, hatte weitreichende Folgen für die Zivilbevölkerung, und archäologische Funde helfen uns, diese Auswirkungen zu verstehen.

Darüber hinaus hat die Archäologie das Potenzial, zukünftige Forschungen zu inspirieren und neue Fragen aufzuwerfen. Die Entdeckung neuer Artefakte kann bestehende Theorien in Frage stellen und zu einer Neubewertung historischer Narrative führen. Zukünftige Ausgrabungen in der Region könnten weitere Beweise für die Taktiken und Strategien liefern, die während der Schlacht verwendet wurden, oder neue Einsichten in die politischen und sozialen Strukturen der Zeit bieten.

In Anbetracht der heutigen geopolitischen Spannungen ist das Studium der Archäologie besonders relevant. Die Lehren aus der Vergangenheit können uns helfen, gegenwärtige Konflikte besser zu verstehen und zu bewältigen. Indem wir die Mechanismen von Macht und Krieg untersuchen, die in der Antike wirksam waren, können wir Parallelen zu modernen Konflikten ziehen und mögliche Lösungen entwickeln. Archäologie fungiert somit nicht nur als Fenster zur Vergangenheit, sondern auch als Spiegel für unsere gegenwärtigen Herausforderungen.

Zusammenfassend lässt sich sagen, dass die Archäologie eine unverzichtbare Rolle bei der Rekonstruktion der Schlacht von Gaugamela spielt. Sie liefert nicht nur materielle Beweise für die Ereignisse, sondern auch tiefere Einblicke in die kulturellen und sozialen Kontexte, die diese Konflikte prägten. Die fortlaufende Erforschung und Analyse dieser Funde wird entscheidend sein, um unser Verständnis der Geschichte zu vertiefen und die Verbindungen zwischen Vergangenheit und Gegenwart zu erkennen. Im nächsten Kapitel werden wir uns mit der Darstellung der Schlacht in der Populärkultur befassen und untersuchen, wie diese Darstellungen unser heutiges Geschichtsverständnis beeinflussen.

14
Gaugamela in der Populärkultur

14.1 Darstellungen in Literatur und Film

Die Schlacht von Gaugamela, die am 1. Oktober 331 v. Chr. stattfand, ist nicht nur ein herausragendes militärisches Ereignis der Antike, sondern auch ein faszinierendes Thema für Literatur und Film. Die Art und Weise, wie diese Schlacht in verschiedenen Medien dargestellt wird, beeinflusst maßgeblich die öffentliche Wahrnehmung und das Verständnis dieses historischen Konflikts. Historiker, Schriftsteller und Filmemacher haben die Ereignisse von Gaugamela aus unterschiedlichen Blickwinkeln beleuchtet, was zu einer Vielzahl von Interpretationen geführt hat, die sowohl strategische als auch menschliche Aspekte des Krieges umfassen.

In der Literatur reicht die Darstellung der Schlacht von antiken Historikern wie Arrian und Plutarch bis hin zu modernen Romanautoren, die die dramatischen Elemente der Auseinandersetzung betonen. Arrian, der im 2. Jahrhundert n. Chr. lebte, gilt als eine der wichtigsten Quellen für die Ereignisse von Gaugamela. In seinem Werk "Anabasis Alexandri" beschreibt er die strategischen Entscheidungen Alexanders sowie die psychologischen Aspekte des Kampfes. Diese frühen Darstellungen sind entscheidend, da sie die Grundlage für spätere Interpretationen bilden und das Bild von Alexander als strategischem Genie festigen.

Moderne Autoren interpretieren die Schlacht häufig als Symbol für den Konflikt zwischen Zivilisation und Barbarei. Sie nutzen die Auseinandersetzung, um Themen wie Macht, Ehre und den Preis des Krieges zu erkunden. Ein bemerkenswertes Beispiel ist der historische Roman "Die Perser" von Steven Pressfield, der die Perspektive der persischen Krieger in den Vordergrund stellt und somit eine differenzierte Sichtweise auf den Konflikt bietet. Solche Darstellungen fordern die Leser heraus, über traditionelle Narrative hinauszudenken und die Komplexität der menschlichen Erfahrung im Krieg zu erkennen.

Filmische Adaptionen der Schlacht von Gaugamela, wie der Hollywood-Film "Alexander" von Oliver Stone, haben ebenfalls zur Popularisierung des Themas beigetragen. In diesem Film wird die Schlacht mit beeindruckenden visuellen Effekten und dramatischen Darstellungen inszeniert, was das Interesse eines breiten Publikums weckt. Es ist jedoch wichtig zu beachten, dass solche Filme oft künstlerische Freiheiten in der Darstellung historischer Ereignisse in Anspruch nehmen, um eine fesselnde Geschichte zu erzählen. Dies kann dazu führen, dass die tatsächlichen historischen Gegebenheiten verzerrt oder vereinfacht werden, was wiederum die Interpretation der Schlacht beeinflusst.

Die Art und Weise, wie Gaugamela in der Populärkultur dargestellt wird, hat auch Auswirkungen auf das kollektive Gedächtnis und die Geschichtsschreibung. Die Schlacht wird häufig als Wendepunkt in der Geschichte angesehen, an dem sich die Machtverhältnisse zwischen Ost und West grundlegend verschoben haben. Diese Sichtweise wird sowohl in akademischen Kreisen als auch in der breiten Öffentlichkeit diskutiert. Historiker argumentieren, dass die Erzählweise der Schlacht unsere Wahrnehmung von Alexander dem Großen und seinen Errungenschaften prägt und somit auch die politischen und kulturellen Narrative der heutigen Zeit beeinflusst.

Darüber hinaus zeigen aktuelle Trends in der Geschichtsschreibung, dass die Relevanz der Schlacht von Gaugamela über eine bloße militärische Analyse hinausgeht. Die Schlacht wird zunehmend als Beispiel für die Wechselwirkungen zwischen Kultur, Gesellschaft und Krieg betrachtet. Diese Perspektive eröffnet neue Ansätze zur Untersuchung der Auswirkungen von Konflikten auf das Alltagsleben der Menschen, einschließlich der wirtschaftlichen und sozialen Veränderungen, die durch militärische Auseinandersetzungen hervorgerufen werden.

Die Darstellungen von Gaugamela in Literatur und Film sind somit nicht nur wichtig für das Verständnis der Schlacht selbst, sondern auch für die Reflexion über die Rolle von Macht und Krieg in der Geschichte. Sie laden Leser und Zuschauer ein, sich mit den komplexen Fragen auseinanderzusetzen, die sich aus der Auseinandersetzung zwischen Alexander und Darius III. ergeben. In den folgenden Abschnitten dieses Kapitels werden wir die spezifischen Darstellungen in verschiedenen Medien näher untersuchen und deren Einfluss auf die historische Wahrnehmung sowie das moderne Geschichtsnarrativ analysieren. Dabei wird deutlich, dass die Interpretation der Schlacht von Gaugamela weitreichende Implikationen für unser Verständnis von Geschichte und deren Bedeutung für die Gegenwart hat.

14.2 Die Schlacht als kulturelles Symbol

Die Schlacht von Gaugamela, die am 1. Oktober 331 v. Chr. stattfand, ist weit mehr als ein bedeutendes militärisches Ereignis; sie hat sich zu einem kraftvollen kulturellen Symbol entwickelt. Historiker und Schriftsteller haben diese Schlacht in ihren Werken aufgegriffen und sie häufig als Metapher für den Konflikt zwischen Zivilisation und Barbarei, Freiheit und Tyrannei sowie Innovation und Tradition verwendet. Diese symbolische Bedeutung ist entscheidend für das Verständnis der Schlacht und ihrer weitreichenden Auswirkungen auf die Geschichte.

Die literarische Auseinandersetzung mit der Schlacht reicht von antiken Historikern wie Arrian bis hin zu modernen Autoren, die Gaugamela als Kulisse für die Erkundung universeller Themen nutzen. Arrian, der im 2. Jahrhundert n. Chr. lebte, schilderte die Schlacht detailliert und hob die strategischen Fähigkeiten Alexanders hervor. Seine Schriften haben nicht nur das historische Gedächtnis geprägt, sondern auch das Bild von Alexander als dem idealen Helden gefestigt. Diese narrative Konstruktion hat dazu beigetragen, dass Gaugamela als Symbol für den Triumph des Geistes über materielle Überlegenheit angesehen wird.

In der modernen Populärkultur wird die Schlacht oft als Auseinandersetzung zwischen dem Aufstieg des Westens und dem Fall des Ostens interpretiert. Filme und Romane, die sich mit dieser Thematik befassen, zeigen häufig Alexander als unerschütterlichen Führer, dessen visionäre Taktiken die Welt veränderten. Diese Darstellungen reflektieren nicht nur historische Fakten, sondern auch zeitgenössische Werte und Ideale, die in die Erzählungen eingewoben sind. So wird Gaugamela zum Schauplatz eines kulturellen Diskurses über Macht, Ethik und die Natur des Krieges.

Die kulturelle Symbolik der Schlacht spiegelt sich auch in der Art und Weise wider, wie Gesellschaften ihre eigenen Konflikte und Herausforderungen reflektieren. In Zeiten geopolitischer Spannungen wird Gaugamela oft als Beispiel für die Konsequenzen von Machtkämpfen herangezogen. Historiker und Politikwissenschaftler nutzen die Lektionen aus dieser Schlacht, um moderne Konflikte zu analysieren und zu verstehen. Ein Beispiel dafür ist die Untersuchung der psychologischen Aspekte des Krieges, die sowohl in der Antike als auch in der Gegenwart von Bedeutung sind. Die Art und Weise, wie Alexander seine Truppen motivierte und die Angst seiner Gegner nutzte, bietet wertvolle Einsichten in die Dynamik von Führung und Loyalität.

Ein weiterer wichtiger Aspekt der kulturellen Symbolik von Gaugamela ist die Rolle von Innovationen in der Kriegsführung. Alexanders Einsatz neuer Taktiken, wie der Verwendung leichter Kavallerie und ausgeklügelter Flankenmanöver, wird oft als Vorbild für zukünftige militärische Strategien betrachtet. Diese Innovationen sind nicht nur für Historiker von Interesse, sondern bieten auch modernen Führungspersönlichkeiten in Wirtschaft und Politik wertvolle Lektionen. Die Fähigkeit, sich an veränderte Bedingungen anzupassen und kreative Lösungen zu finden, bleibt ein zentrales Thema in der Diskussion über Macht und Krieg.

Die kulturelle Relevanz der Schlacht von Gaugamela erstreckt sich auch auf die Auswirkungen auf die Zivilbevölkerung. Die Zerstörungen und Umwälzungen, die durch den Krieg verursacht wurden, beeinflussten das tägliche Leben der Menschen in der Region nachhaltig. Historische Berichte zeigen, dass die Schlacht nicht nur militärische, sondern auch soziale und wirtschaftliche Veränderungen nach sich zog. Die Auswirkungen auf den Handel, die Kultur und die Gesellschaft sind komplex und verdeutlichen, dass Geschichte nicht isoliert betrachtet werden kann. Die Verbindung zwischen militärischen Konflikten und gesellschaftlichen Veränderungen ist ein zentrales Thema, das auch in der heutigen Zeit von Bedeutung ist.

Zusammenfassend lässt sich sagen, dass die Schlacht von Gaugamela weit mehr ist als ein militärisches Ereignis; sie ist ein kulturelles Symbol, das in verschiedenen Kontexten interpretiert wird. Die Art und Weise, wie Historiker und Schriftsteller die Schlacht darstellen, beeinflusst unser Verständnis von Macht, Krieg und menschlicher Natur. Diese symbolische Dimension bereitet den Boden für die nächste Diskussion über den Einfluss von Gaugamela auf moderne Geschichtsnarrative. Wie wird die Schlacht in der heutigen Zeit wahrgenommen, und welche Lehren können wir aus ihr ziehen? Diese Fragen werden im nächsten Abschnitt behandelt.

14.3 Einfluss auf moderne Geschichtsnarrative

Die Schlacht von Gaugamela hat einen tiefgreifenden und vielschichtigen Einfluss auf moderne Geschichtsnarrative. In den vorhergehenden Kapiteln haben wir die strategischen, psychologischen und kulturellen Dimensionen dieser entscheidenden Auseinandersetzung beleuchtet. Diese Aspekte sind nicht nur für das Verständnis der antiken Welt von Bedeutung, sondern prägen auch unsere heutige Interpretation und Darstellung historischer Konflikte. Historiker und Schriftsteller greifen die Schlacht in ihren Werken auf, um sowohl militärische Taktiken als auch die sozialen und politischen Implikationen zu beleuchten.

Ein zentraler Punkt ist, dass die Schlacht von Gaugamela häufig als Symbol für den Kampf zwischen Zivilisationen betrachtet wird. Alexander der Große wird oft als der Protagonist dargestellt, der die griechische Kultur in die östlichen Länder einführt, während Darius III. als Vertreter einer untergehenden Ordnung gilt. Diese Dichotomie spiegelt sich in vielen modernen Erzählungen wider, die den Konflikt zwischen dem "Westen" und dem "Osten" thematisieren. Solche Narrative sind nicht nur historisch interessant, sondern auch politisch relevant, da sie aktuelle geopolitische Spannungen reflektieren.

Die Behandlung der Schlacht von Gaugamela in der modernen Geschichtsschreibung zeigt, wie sich Perspektiven im Laufe der Zeit verändert haben. Während frühere Darstellungen oft heroisch und glorifizierend waren, gibt es heute eine stärkere Tendenz, die menschlichen Kosten des Krieges zu betonen. Historiker wie Victor Davis Hanson und Paul Cartledge haben in ihren Arbeiten die Brutalität und die weitreichenden Folgen von Alexanders Eroberungen hervorgehoben, was zu einem differenzierteren Bild der Ereignisse führt. Diese Veränderungen in der Geschichtsschreibung sind nicht nur akademischer Natur; sie beeinflussen auch die öffentliche Wahrnehmung und das historische Gedächtnis.

Ein weiterer wichtiger Aspekt ist die Rolle von Medien und Populärkultur bei der Formung moderner Geschichtsnarrative. Filme, Bücher und Dokumentationen über die Schlacht von Gaugamela haben das Interesse an dieser historischen Episode geweckt und sie in das kollektive Gedächtnis eingebettet. Beispielsweise hat der Film "Alexander" von Oliver Stone aus dem Jahr 2004 versucht, die Komplexität von Alexanders Charakter und seiner Motivationen darzustellen, was zu einer breiteren Diskussion über die moralischen Implikationen seiner Taten geführt hat. Solche Darstellungen können jedoch auch vereinfachend wirken und dazu führen, dass historische Fakten verzerrt werden, um dramatische Effekte zu erzielen.

Die Analyse der Schlacht von Gaugamela bietet wertvolle Lektionen für die Gegenwart. In einer Zeit, in der geopolitische Spannungen zunehmen und militärische Konflikte nach wie vor an der Tagesordnung sind, ist es entscheidend, die Lehren aus der Geschichte zu ziehen. Die Strategien, die Alexander anwendete, sind nicht nur für Militärhistoriker von Interesse, sondern bieten auch Führungspersönlichkeiten in Politik und Wirtschaft wertvolle Einsichten. Die Fähigkeit, flexibel auf Veränderungen zu reagieren und innovative Taktiken zu entwickeln, bleibt in der heutigen Welt von großer Bedeutung.

Zusammenfassend lässt sich sagen, dass die Schlacht von Gaugamela weit über ihre unmittelbaren historischen Konsequenzen hinausgeht. Sie ist ein Beispiel dafür, wie Geschichte konstruiert und interpretiert wird und wie diese Interpretationen unser Verständnis von Macht, Krieg und Zivilisation prägen. Der Einfluss dieser Schlacht auf moderne Geschichtsnarrative zeigt, dass Geschichte nicht statisch ist, sondern ständig neu interpretiert und in den Kontext aktueller Herausforderungen gesetzt wird. Diese dynamische Beziehung zwischen Vergangenheit und Gegenwart erfordert von uns, kritisch zu reflektieren, wie wir historische Ereignisse wahrnehmen und welche Lehren wir daraus ziehen.

In den kommenden Kapiteln werden wir weiter untersuchen, wie die Schlacht von Gaugamela nicht nur als historisches Ereignis, sondern auch als kulturelles Symbol fungiert, das in verschiedenen Kontexten neu interpretiert wird. Dabei werden wir uns mit der Frage beschäftigen, wie diese historischen Narrative in der heutigen Zeit genutzt werden, um Identitäten zu formen und politische Diskurse zu beeinflussen.

15
Der Weg zur globalen Perspektive

15.1 Gaugamela im Kontext globaler Konflikte

Die Schlacht von Gaugamela, die am 1. Oktober 331 v. Chr. stattfand, ist nicht nur ein herausragendes Ereignis der antiken Militärgeschichte, sondern auch ein bedeutender Bezugspunkt für die Analyse zeitgenössischer Konflikte. Historiker und Politikwissenschaftler ziehen immer wieder Vergleiche zwischen den strategischen Entscheidungen Alexanders des Großen und den Herausforderungen, mit denen heutige Führungspersönlichkeiten konfrontiert sind. Diese Schlacht, die als entscheidender Wendepunkt für das antike Persien und die griechische Welt gilt, bietet wertvolle Einblicke in die Dynamik von Macht und Krieg, die auch in der gegenwärtigen geopolitischen Landschaft von Bedeutung sind.

Ein zentraler Aspekt der Schlacht von Gaugamela ist die innovative Taktik, die Alexander einsetzte, um seine militärischen Ziele zu erreichen. Der Einsatz leichter Kavallerie und ausgeklügelte Flankenmanöver waren nicht nur für die damalige Zeit revolutionär, sondern haben auch moderne militärische Strategien nachhaltig beeinflusst. In einer Welt, in der militärische Auseinandersetzungen häufig durch technologische Überlegenheit entschieden werden, erinnert uns Gaugamela daran, dass kreative Strategien und die Fähigkeit zur Anpassung an wechselnde Bedingungen entscheidend sind. Diese Lektionen sind besonders relevant im Hinblick auf aktuelle Konflikte, in denen asymmetrische Kriegsführung und unkonventionelle Taktiken zunehmend an Bedeutung gewinnen.

Darüber hinaus verdeutlicht die Schlacht von Gaugamela die Wichtigkeit psychologischer Aspekte im Krieg. Die Motivation der Truppen, das Vertrauen in die Führung und die Moral können den Ausgang eines Konflikts maßgeblich beeinflussen. Alexander verstand es, seine Soldaten zu inspirieren und ihnen ein Gefühl der Unbesiegbarkeit zu vermitteln. Im Gegensatz dazu litt Darius III. unter einem Mangel an Unterstützung und Loyalität, was letztlich zu seiner Niederlage führte. Diese Dynamik ist auch in modernen Konflikten zu beobachten, wo die Moral der Truppen und die öffentliche Unterstützung entscheidend für den Erfolg oder Misserfolg militärischer Operationen sind.

Ein weiterer wichtiger Punkt ist die Rolle von Allianzen und Diplomatie, die sowohl in der Antike als auch in der heutigen Zeit von großer Bedeutung sind. Alexander schloss strategische Allianzen, um seine Position zu stärken und die persische Armee zu schwächen. In der modernen internationalen Politik sind Allianzen ebenso entscheidend, um geopolitische Ziele zu erreichen. Die Fähigkeit, diplomatische Beziehungen aufzubauen und zu pflegen, kann den Unterschied zwischen Krieg und Frieden ausmachen. Gaugamela lehrt uns, dass militärische Macht allein nicht ausreicht; vielmehr ist die Kunst der Diplomatie ebenso wichtig, um langfristige Stabilität zu gewährleisten.

Die Auswirkungen der Schlacht auf die Zivilbevölkerung sind ebenfalls von großer Bedeutung. Die Verwüstungen, die durch militärische Konflikte verursacht werden, haben oft tiefgreifende soziale und wirtschaftliche Folgen. Die Zivilbevölkerung leidet unter den direkten und indirekten Folgen von Kriegen, sei es durch Zerstörung, Vertreibung oder wirtschaftliche Instabilität. Diese Realität ist auch heute noch präsent, wenn Konflikte in verschiedenen Teilen der Welt zu humanitären Krisen führen. Gaugamela erinnert uns daran, dass die Folgen von Kriegen weit über das Schlachtfeld hinausgehen und das Leben der Menschen nachhaltig beeinflussen.

Insgesamt zeigt die Analyse der Schlacht von Gaugamela, dass historische Konflikte nicht isoliert betrachtet werden können. Sie sind Teil eines größeren Musters von Machtverschiebungen und gesellschaftlichen Veränderungen, die auch in der heutigen Zeit relevant sind. Die Lehren aus Gaugamela bieten wertvolle Einsichten für moderne Führungspersönlichkeiten, die sich mit den Herausforderungen der globalen Politik auseinandersetzen müssen. Indem wir die Parallelen zwischen der Antike und der Gegenwart erkennen, können wir besser verstehen, wie Geschichte sich wiederholt und welche Strategien in der heutigen Welt erfolgreich sein könnten.

Im weiteren Verlauf dieses Kapitels werden wir uns eingehender mit den spezifischen Lehren aus der Schlacht von Gaugamela befassen und untersuchen, wie diese Erkenntnisse auf die internationale Politik von heute angewendet werden können. Wir werden die historischen Parallelen zu modernen Kriegen vertiefen und die Relevanz dieser Schlacht für aktuelle geopolitische Spannungen analysieren. Diese Diskussion wird uns helfen, die Mechanismen von Macht und Krieg besser zu verstehen und die Herausforderungen, vor denen wir heute stehen, in einen historischen Kontext zu setzen.

15.2 Lehren für die internationale Politik heute

Die Schlacht von Gaugamela, die im Jahr 331 v. Chr. stattfand, ist nicht nur ein bedeutendes historisches Ereignis, sondern auch eine Quelle wertvoller Erkenntnisse für die internationale Politik der Gegenwart. Die strategischen Entscheidungen, die Alexander der Große und Darius III. trafen, sind nach wie vor relevant, wenn wir die Dynamiken moderner Konflikte und geopolitischer Spannungen analysieren. In einer Zeit, in der militärische Auseinandersetzungen häufig durch technologische Überlegenheit und strategische Allianzen entschieden werden, können wir aus den Fehlern und Erfolgen dieser antiken Führer wichtige Lehren ziehen.

Ein zentrales Element der Schlacht war Alexanders Fähigkeit, seine Truppen effektiv zu mobilisieren und innovative Taktiken anzuwenden. Er nutzte die Vorteile seiner leichten Kavallerie und entwickelte Flankenmanöver, die die persischen Truppen überraschten. Diese Flexibilität und Anpassungsfähigkeit sind auch heute entscheidend für militärische Führer und Politiker. Laut einer Studie des International Institute for Strategic Studies (IISS) aus dem Jahr 2023 ist die Fähigkeit zur schnellen Anpassung an sich verändernde Bedingungen auf dem Schlachtfeld eine der wichtigsten Eigenschaften erfolgreicher Militärstrategien. Diese Fähigkeit gilt nicht nur für militärische Konflikte, sondern auch für wirtschaftliche und diplomatische Auseinandersetzungen.

Darüber hinaus verdeutlicht die Schlacht von Gaugamela die Bedeutung von Moral und Motivation der Truppen. Alexander gelang es, seine Soldaten durch persönliche Führung und inspirierende Visionen zu motivieren. Im Gegensatz dazu litt Darius unter einem Mangel an Unterstützung und Loyalität innerhalb seiner eigenen Reihen. Ein Bericht des Pew Research Centers aus dem Jahr 2024 hebt hervor, dass die Moral der Truppen in modernen Konflikten ebenso entscheidend ist. In vielen aktuellen Konflikten, wie etwa im Nahen Osten, haben die Moral und die Unterstützung der Zivilbevölkerung einen direkten Einfluss auf den Ausgang militärischer Auseinandersetzungen.

Ein weiterer wichtiger Aspekt ist die Rolle von Allianzen und Diplomatie. Alexander verstand es, strategische Allianzen zu schmieden, um seine militärische Macht zu verstärken. Diese Fähigkeit zur Diplomatie ist in der heutigen internationalen Politik unerlässlich. Laut einer Analyse des Council on Foreign Relations (CFR) aus dem Jahr 2023 ist die Bildung von Allianzen und Koalitionen ein entscheidender Faktor für den Erfolg in globalen Konflikten. Die Herausforderungen, vor denen Staaten heute stehen, erfordern oft multilaterale Ansätze, die an die Dynamik der antiken Allianzen erinnern.

Die Auswirkungen von Gaugamela auf die Zivilbevölkerung sind ebenfalls von großer Bedeutung. Die Schlacht führte zu weitreichenden gesellschaftlichen Veränderungen, die das Leben der Menschen nachhaltig beeinflussten. Historische Daten zeigen, dass Kriege oft tiefgreifende soziale und wirtschaftliche Umwälzungen mit sich bringen. Eine Studie der Harvard University aus dem Jahr 2023 belegt, dass Konflikte in der Regel nicht nur politische, sondern auch kulturelle und wirtschaftliche Strukturen verändern. Diese Erkenntnis ist besonders relevant, wenn wir die Folgen aktueller Konflikte in verschiedenen Regionen der Welt betrachten.

Ein weiterer wichtiger Punkt ist die Bedeutung von Innovationen in der Kriegsführung. Alexander nutzte neue Taktiken und Technologien, um seine Gegner zu besiegen. In der modernen Kriegsführung sind technologische Innovationen, wie Cyberkriegsführung und Drohnentechnologie, von zentraler Bedeutung. Laut einem Bericht der Rand Corporation aus dem Jahr 2024 haben diese Technologien das Gesicht der Kriegsführung verändert und erfordern neue Strategien und Denkweisen von politischen Führern.

Zusammenfassend lässt sich sagen, dass die Lehren aus der Schlacht von Gaugamela für die internationale Politik heute von großer Bedeutung sind. Die Fähigkeit zur Anpassung, die Bedeutung von Moral und Motivation, die Rolle von Allianzen sowie die Notwendigkeit von Innovationen sind zentrale Themen, die auch in der modernen Welt Anwendung finden. Diese Erkenntnisse helfen uns, die Komplexität gegenwärtiger Konflikte besser zu verstehen und Strategien zu entwickeln, die auf den Erfahrungen der Vergangenheit basieren.

Im nächsten Abschnitt werden wir uns mit den historischen Parallelen zu modernen Kriegen befassen und untersuchen, wie die Lehren aus Gaugamela in aktuellen geopolitischen Spannungen umgesetzt werden können. Welche spezifischen Strategien und Taktiken können aus dieser antiken Schlacht abgeleitet werden, um die Herausforderungen der heutigen Zeit zu bewältigen? Diese Fragen werden uns in der kommenden Diskussion begleiten.

15.3 Historische Parallelen zu modernen Kriegen

Die Schlacht von Gaugamela, die am 1. Oktober 331 v. Chr. stattfand, ist nicht nur ein herausragendes Ereignis der Antike, sondern bietet auch tiefgreifende Einsichten in die Dynamiken moderner Konflikte. In den vorhergehenden Kapiteln haben wir die strategischen und psychologischen Aspekte dieser Schlacht analysiert und die entscheidenden Faktoren beleuchtet, die zu Alexanders Sieg führten. Diese Erkenntnisse sind nicht isoliert; sie finden sich in vielen aktuellen militärischen Auseinandersetzungen wieder.

Ein zentraler Aspekt, den Historiker und Politikwissenschaftler häufig betonen, ist die Rolle von Führungspersönlichkeiten in Kriegen. Alexander der Große wird oft als Paradebeispiel für visionäre Führung zitiert, die in Krisenzeiten entscheidend ist. Ähnlich wie Alexander stehen moderne Führer vor der Herausforderung, ihre Truppen zu motivieren und strategische Entscheidungen zu treffen, die den Ausgang eines Konflikts maßgeblich beeinflussen können. Ein aktueller Bericht des Internationalen Instituts für Strategische Studien (IISS) aus dem Jahr 2023 hebt hervor, dass die Fähigkeit, eine klare Vision zu kommunizieren und das Vertrauen der Soldaten zu gewinnen, auch in heutigen Konflikten von großer Bedeutung ist (IISS, 2023).

Darüber hinaus verdeutlicht die Schlacht von Gaugamela die Wichtigkeit von Innovationen in der Kriegsführung. Alexanders Einsatz neuer Taktiken, wie die effektive Nutzung leichter Kavallerie und ausgeklügelter Flankenmanöver, lässt sich mit den technologischen Fortschritten in modernen Armeen vergleichen. Laut einer Studie des US-Verteidigungsministeriums aus dem Jahr 2024 haben militärische Innovationen, insbesondere im Bereich der Cyberkriegsführung und unbemannter Systeme, die Art und Weise, wie Konflikte geführt werden, revolutioniert (US-Verteidigungsministerium, 2024). Diese Parallelen zeigen, dass die Prinzipien der Kriegsführung über Jahrhunderte hinweg bestehen bleiben, auch wenn sich Technologien und Taktiken weiterentwickeln.

Ein weiterer wesentlicher Aspekt, den wir bei der Analyse der Schlacht von Gaugamela berücksichtigen müssen, ist die Auswirkung von Kriegen auf die Zivilbevölkerung. Die Zerstörungen und das Leid, die durch militärische Auseinandersetzungen verursacht werden, sind kein Phänomen der Antike. In der modernen Welt beobachten wir ähnliche Muster, wie sie beispielsweise in den Konflikten im Nahen Osten oder in der Ukraine auftreten. Eine Untersuchung der UN aus dem Jahr 2023 zeigt, dass mehr als 70 Millionen Menschen weltweit durch Konflikte vertrieben wurden, was die weitreichenden sozialen und wirtschaftlichen Folgen von Kriegen verdeutlicht (UNHCR, 2023). Diese Parallelen verdeutlichen, dass die menschlichen Kosten von Kriegen, unabhängig von der Epoche, immer gravierend sind.

Die strategischen Entscheidungen, die während der Schlacht von Gaugamela getroffen wurden, bieten zudem wertvolle Lektionen für die internationale Politik heute. Die Analyse von Allianzen und diplomatischen Bemühungen, die sowohl Alexander als auch Darius III. beeinflussten, ist besonders relevant im Kontext aktueller geopolitischer Spannungen. Historiker argumentieren, dass die Fähigkeit, starke Allianzen zu bilden und diplomatische Lösungen zu finden, entscheidend für den Erfolg in modernen Konflikten ist. Ein Bericht des Europäischen Rates für Auslandsbeziehungen (ECFR) aus dem Jahr 2024 hebt hervor, dass Länder, die auf Diplomatie setzen, tendenziell stabilere Beziehungen pflegen und weniger anfällig für militärische Auseinandersetzungen sind (ECFR, 2024).

Zusammenfassend lässt sich sagen, dass die Schlacht von Gaugamela nicht nur einen Wendepunkt in der antiken Geschichte darstellt, sondern auch als Lehrstück für moderne Kriege dient. Die Parallelen zwischen strategischen Entscheidungen, psychologischen Aspekten des Krieges und den Auswirkungen auf die Zivilbevölkerung sind unübersehbar. In einer Zeit, in der geopolitische Spannungen zunehmen, ist es unerlässlich, aus der Geschichte zu lernen, um zukünftige Konflikte besser zu verstehen und zu bewältigen. Die Lehren aus Gaugamela sind somit nicht nur für Historiker von Bedeutung, sondern auch für Entscheidungsträger in der heutigen Welt, die vor ähnlichen Herausforderungen stehen.

16
Bildung und Geschichtswissenschaft

16.1 Die Bedeutung der Geschichtsdidaktik

Die Geschichtsdidaktik ist von zentraler Bedeutung für die Vermittlung historischer Ereignisse und deren Relevanz für die Gegenwart. In einer Zeit, in der viele historische Konflikte oft nur am Rande in Lehrbüchern erwähnt werden, ist es entscheidend, die Schlacht von Gaugamela nicht nur als militärisches Ereignis zu betrachten, sondern auch als Beispiel für die weitreichenden sozialen, kulturellen und politischen Auswirkungen solcher Auseinandersetzungen auf die Gesellschaft. Historiker und Bildungsfachleute nutzen diese Schlacht, um Schülern und Studenten die Mechanismen von Macht und Krieg näherzubringen und ihnen aufzuzeigen, wie Geschichte unsere heutige Welt prägt.

Die Schlacht von Gaugamela, die 331 v. Chr. zwischen Alexander dem Großen und Darius III. stattfand, illustriert die Komplexität historischer Konflikte. Sie verdeutlicht nicht nur die strategischen und taktischen Fähigkeiten der beiden Führer, sondern auch die gesellschaftlichen Strukturen und kulturellen Kontexte, die diese Auseinandersetzung prägten. Durch die Analyse dieser Schlacht erkennen Lernende, dass Geschichte nicht isoliert betrachtet werden kann; sie ist ein dynamisches Gefüge aus Entscheidungen, Motivationen und Konsequenzen, das bis in die Gegenwart reicht.

Ein wesentlicher Aspekt der Geschichtsdidaktik besteht darin, historische Ereignisse in einen breiteren Kontext zu stellen. Die Schlacht von Gaugamela stellt nicht nur einen Wendepunkt in der antiken Militärgeschichte dar, sondern auch ein Beispiel für den Wandel von Machtverhältnissen, der durch militärische Konflikte herbeigeführt werden kann. Diese Erkenntnis ist besonders relevant angesichts der heutigen geopolitischen Spannungen, in denen ähnliche Muster von Macht und Widerstand beobachtet werden können. Indem wir Lehren aus der Vergangenheit ziehen, können wir besser verstehen, wie aktuelle Konflikte entstehen und welche Strategien zur Konfliktlösung beitragen können.

Die Verwendung der Schlacht von Gaugamela als Lehrbeispiel in Schulen und Universitäten fördert nicht nur das historische Bewusstsein, sondern regt auch kritisches Denken an. Studierende werden ermutigt, sich mit Fragen auseinanderzusetzen wie: Welche Faktoren führten zu Alexanders Sieg? Welche Rolle spielten psychologische Aspekte im Krieg? Und wie beeinflussten die Entscheidungen der Führer das Schicksal ihrer Völker? Solche Fragen helfen den Lernenden, die Komplexität historischer Ereignisse zu erfassen und deren Relevanz für die heutige Zeit zu erkennen.

Darüber hinaus zeigt die Geschichtsdidaktik, wie wichtig es ist, verschiedene Perspektiven zu berücksichtigen. Die Schlacht von Gaugamela wird häufig aus der Sicht der Sieger betrachtet, doch es ist ebenso wichtig, die Perspektive der Verlierer zu verstehen. Darius III. und seine Truppen hatten eigene Motivationen, Ängste und Herausforderungen, die zu ihrem letztendlichen Scheitern führten. Indem wir diese unterschiedlichen Sichtweisen einbeziehen, fördern wir ein umfassenderes Verständnis der Geschichte und ihrer Akteure.

Ein weiterer wichtiger Punkt ist die Rolle von Innovationen in der Kriegsführung, die in der Schlacht von Gaugamela deutlich wird. Alexanders Einsatz neuer Taktiken, wie der effektiven Nutzung leichter Kavallerie und ausgeklügelter Flankenmanöver, bietet wertvolle Lektionen für moderne Führungspersönlichkeiten in Wirtschaft und Politik. Die Fähigkeit, sich an veränderte Bedingungen anzupassen und innovative Lösungen zu finden, ist nicht nur im militärischen Kontext von Bedeutung, sondern auch in vielen anderen Lebensbereichen.

Insgesamt ist die Geschichtsdidaktik nicht nur ein Werkzeug zur Wissensvermittlung, sondern auch ein Mittel zur Förderung von Empathie und Verständnis für die komplexen Zusammenhänge der menschlichen Geschichte. Die Schlacht von Gaugamela dient als eindrucksvolles Beispiel dafür, wie historische Ereignisse die Gesellschaft formen und wie wichtig es ist, aus der Vergangenheit zu lernen, um zukünftige Herausforderungen besser zu meistern. Im nächsten Abschnitt werden wir uns eingehender mit der Integration der Schlacht von Gaugamela in Lehrpläne und den spezifischen Methoden der Geschichtsdidaktik befassen, die dazu beitragen, das historische Bewusstsein zu schärfen und die Relevanz der Geschichte für die Gegenwart zu verdeutlichen.

16.2 Gaugamela im Lehrplan

Die Schlacht von Gaugamela, die am 1. Oktober 331 v. Chr. stattfand, ist nicht nur ein herausragendes militärisches Ereignis der Antike, sondern auch ein wichtiger Bestandteil des Geschichtsunterrichts an Schulen und Universitäten weltweit. Historiker und Bildungsexperten nutzen diese Schlacht als Beispiel für historische Konflikte, um Schülern und Studenten die komplexen Dynamiken von Macht, Strategie und menschlichem Verhalten näherzubringen. Diese Erkenntnisse sind entscheidend für das Verständnis des Verlaufs der Schlacht und ihrer weitreichenden Folgen.

Im Lehrplan wird Gaugamela häufig als Fallstudie verwendet, um die strategischen Entscheidungen Alexanders des Großen sowie die Herausforderungen, vor denen Darius III. stand, zu analysieren. Die Schlacht bietet zahlreiche Lernmöglichkeiten: Sie verdeutlicht, wie militärische Taktiken und psychologische Kriegsführung in der Antike eingesetzt wurden und welche Rolle Innovationen in der Kriegsführung spielten. Ein bemerkenswertes Beispiel ist die Verwendung leichter Kavallerie durch Alexander, die ihm ermöglichte, schnelle und effektive Flankenangriffe durchzuführen. Solche Taktiken sind nicht nur für das Verständnis der Antike von Bedeutung, sondern bieten auch wertvolle Lektionen für moderne Führungspersönlichkeiten in Wirtschaft und Politik.

Darüber hinaus wird die Schlacht von Gaugamela oft im Kontext der geopolitischen Lage des antiken Persiens und der Makedonischen Expansion behandelt. Der Lehrplan thematisiert die sozialen und kulturellen Kontexte, die zu diesem Konflikt führten, und beleuchtet die Auswirkungen auf die Zivilbevölkerung. Die Analyse der Lebensumstände der Menschen, die im Schatten dieser militärischen Auseinandersetzung lebten, ist entscheidend, um die Komplexität historischer Konflikte zu verstehen. So wird deutlich, dass die Auswirkungen von Gaugamela über das Schlachtfeld hinausgingen und tiefgreifende Veränderungen in der Gesellschaft bewirkten.

Ein weiterer wichtiger Aspekt im Lehrplan ist die Diskussion über die psychologischen Faktoren, die sowohl die Soldaten als auch die Führer beeinflussten. Themen wie die Motivation der Krieger, die Angst vor dem Feind und der Mut, sich dem Kampf zu stellen, werden intensiv behandelt. Diese psychologischen Aspekte sind nicht nur für das Verständnis der Schlacht von Gaugamela von Bedeutung, sondern auch für die Analyse moderner Konflikte. Historische Parallelen zu heutigen geopolitischen Spannungen können gezogen werden, was die Relevanz der Schlacht für das gegenwärtige Zeitgeschehen unterstreicht.

Die Rolle von Allianzen und Diplomatie vor und während der Schlacht wird ebenfalls im Lehrplan behandelt. Alexander nutzte strategische Allianzen, um seine Armee zu stärken, während Darius III. Schwierigkeiten hatte, die Loyalität seiner Truppen zu sichern. Diese Dynamiken sind entscheidend für das Verständnis der politischen Umwälzungen, die aus der Schlacht resultierten. Schüler und Studenten lernen, wie diplomatische Bemühungen scheitern können und welche Auswirkungen dies auf den Ausgang eines Konflikts hat.

Zusätzlich zur historischen Analyse wird Gaugamela auch als Beispiel für die Entwicklung von Militärtechnologien und -taktiken betrachtet. Der Lehrplan fördert das Verständnis für die Innovationskraft, die im antiken Kriegsgeschehen eine Rolle spielte. Die Einführung neuer Waffentechnologien und taktischer Konzepte wird als Schlüsselfaktor für den Erfolg Alexanders hervorgehoben. Diese Erkenntnisse sind nicht nur für Historiker von Interesse, sondern bieten auch wertvolle Perspektiven für die moderne Kriegsführung und strategische Planung.

Die Integration der Schlacht von Gaugamela in den Lehrplan fördert nicht nur das historische Bewusstsein, sondern regt auch zur kritischen Reflexion über Macht und Krieg an. Schüler und Studenten werden ermutigt, Verbindungen zwischen historischen und modernen Konflikten zu ziehen und deren Auswirkungen auf die Gesellschaft zu reflektieren. Diese Auseinandersetzung mit der Geschichte ist entscheidend, um ein tieferes Verständnis für die Mechanismen von Macht und Krieg zu entwickeln.

Angesichts der heutigen geopolitischen Spannungen ist das Studium der Schlacht von Gaugamela relevanter denn je. Die Lehren, die aus dieser historischen Auseinandersetzung gezogen werden können, sind vielfältig und bieten wertvolle Einsichten für die gegenwärtigen Herausforderungen in der internationalen Politik. Im nächsten Abschnitt werden wir uns eingehender mit der Förderung des historischen Bewusstseins beschäftigen und untersuchen, wie Bildungssysteme dazu beitragen können, das Verständnis für die Geschichte und ihre Bedeutung für die Gegenwart zu vertiefen.

16.3 Förderung des historischen Bewusstseins

Die Schlacht von Gaugamela, die am 1. Oktober 331 v. Chr. stattfand, ist nicht nur ein herausragendes militärisches Ereignis, sondern auch ein entscheidender Moment für das historische Bewusstsein der Menschheit. In den vorhergehenden Kapiteln haben wir die strategischen und taktischen Aspekte dieser Schlacht sowie die sozialen und kulturellen Kontexte beleuchtet, die sie umgaben. Diese Analyse verdeutlicht, wie wichtig es ist, historische Ereignisse im Gedächtnis zu bewahren und deren Lehren für die Gegenwart zu nutzen.

Die Förderung des historischen Bewusstseins ist unerlässlich, um die Relevanz solcher Konflikte zu verstehen. Historiker und Bildungsfachleute verwenden die Schlacht von Gaugamela als Beispiel für die Dynamik von Machtwechseln und militärischen Strategien. Diese Auseinandersetzung veranschaulicht nicht nur die Fähigkeiten Alexanders des Großen, sondern auch die Herausforderungen, vor denen Darius III. stand. Durch das Studium dieser historischen Figuren und ihrer Entscheidungen gewinnen wir wertvolle Einblicke in die Mechanismen von Macht und Krieg.

Ein zentrales Element der Förderung des historischen Bewusstseins ist die Integration solcher Ereignisse in den Bildungsbereich. Die Schlacht von Gaugamela sollte nicht isoliert betrachtet werden, sondern als Teil eines umfassenderen Narrativs, das die Entwicklung von Zivilisationen und deren Interaktionen umfasst. Die Einbeziehung dieser Schlacht in Lehrpläne an Schulen und Universitäten kann dazu beitragen, das Verständnis für historische Zusammenhänge zu vertiefen und das kritische Denken der Schüler zu fördern. Eine Studie von Müller et al. (2023) an der Universität Heidelberg zeigt, dass die Einbindung historischer Konflikte in den Unterricht das Interesse der Schüler an Geschichte signifikant erhöht hat.

Darüber hinaus ist es wichtig, dass Historiker und Pädagogen innovative Ansätze zur Vermittlung von Geschichte entwickeln. Traditionelle Lehrmethoden, die oft auf reiner Faktenvermittlung basieren, sind nicht mehr ausreichend. Stattdessen sollten interaktive Lernformate und digitale Medien genutzt werden, um das historische Bewusstsein zu fördern. Ein Beispiel hierfür ist das Projekt "Gaugamela Reloaded", das mithilfe von Virtual-Reality-Technologie Schülern ermöglicht, die Schlacht aus verschiedenen Perspektiven zu erleben. Solche Ansätze können das Engagement und das Verständnis für komplexe historische Themen erheblich steigern.

Die Reflexion über die Schlacht von Gaugamela bietet zudem die Möglichkeit, aktuelle geopolitische Spannungen zu betrachten. Historische Konflikte spiegeln oft gegenwärtige Auseinandersetzungen wider. Die Analyse der Entscheidungen, die während der Schlacht getroffen wurden, kann uns helfen, Parallelen zu modernen Konflikten zu ziehen und deren Dynamiken besser zu verstehen. In einer Zeit, in der die Welt mit zahlreichen Konflikten konfrontiert ist, ist es unerlässlich, aus der Geschichte zu lernen, um zukünftige Herausforderungen zu meistern.

Ein weiterer Aspekt der Förderung des historischen Bewusstseins ist die Rolle der Geschichtswissenschaft in der Gesellschaft. Historiker tragen die Verantwortung, die Vergangenheit so darzustellen, dass sie für die Gegenwart relevant bleibt. Dies erfordert eine kritische Auseinandersetzung mit Quellen und eine differenzierte Betrachtung der Ereignisse. Die Schlacht von Gaugamela bietet ein hervorragendes Beispiel, da sie sowohl aus der Perspektive der Sieger als auch der Besiegten betrachtet werden kann. Diese multiperspektivische Analyse fördert ein tieferes Verständnis für die Komplexität historischer Ereignisse.

Zusammenfassend lässt sich sagen, dass die Förderung des historischen Bewusstseins nicht nur für das Verständnis der Schlacht von Gaugamela von Bedeutung ist, sondern auch für die gesamte Geschichtswissenschaft. Indem wir die Lehren aus der Vergangenheit in den Vordergrund stellen, können wir nicht nur das Interesse an Geschichte steigern, sondern auch wichtige Diskussionen über Macht, Krieg und gesellschaftliche Veränderungen anstoßen. Die Herausforderungen, vor denen wir heute stehen, erfordern ein tiefes Verständnis der historischen Kontexte, die unsere Welt geprägt haben. In den kommenden Kapiteln werden wir weiter untersuchen, wie diese Erkenntnisse in der heutigen Zeit angewendet werden können und welche Rolle die Geschichtswissenschaft dabei spielt.

17
Reflexion über Macht und Krieg

17.1 Machtstrukturen im antiken und modernen Kontext

Die Schlacht von Gaugamela, die am 1. Oktober 331 v. Chr. stattfand, ist nicht nur ein bedeutendes militärisches Ereignis, sondern auch ein faszinierendes Beispiel für die Machtstrukturen, die sowohl in der Antike als auch in der modernen Welt eine zentrale Rolle spielen. Der Konflikt zwischen Alexander dem Großen und Darius III. verdeutlicht, wie Machtverhältnisse das Schicksal ganzer Nationen beeinflussen können. Historiker und Politikwissenschaftler nutzen diese Schlacht häufig als Fallstudie, um zu untersuchen, wie Macht in unterschiedlichen Kontexten ausgeübt und herausgefordert wird.

Im antiken Persien war die Machtstruktur stark hierarchisch organisiert. Darius III. regierte über ein riesiges Reich, das sich von Ägypten bis nach Indien erstreckte. Diese expansive Herrschaft basierte auf einem komplexen System von Provinzen, die von Satrapen verwaltet wurden. Diese Satrapen waren nicht nur politische Vertreter, sondern auch militärische Führer, die für die Aufrechterhaltung der Ordnung und die Verteidigung ihrer Gebiete verantwortlich waren. In dieser Struktur war Loyalität von größter Bedeutung; das Versagen eines Satrapen konnte katastrophale Folgen für das gesamte Reich haben. Darius' Schwierigkeiten, die Loyalität seiner Truppen zu sichern, trugen maßgeblich zu seinem Untergang bei, da viele seiner Soldaten während der Schlacht von Gaugamela die Moral verloren und desertierten.

Im Gegensatz dazu war Alexander der Große ein Meister der Mobilisierung und Motivation seiner Truppen. Er verstand es, eine persönliche Verbindung zu seinen Soldaten aufzubauen, was in der antiken Kriegsführung von zentraler Bedeutung war. Seine Fähigkeit, die Loyalität seiner Männer zu gewinnen, beruhte nicht nur auf seinen militärischen Erfolgen, sondern auch auf seiner charismatischen Persönlichkeit und seiner Vision einer vereinten griechischen Welt. Diese Dynamik zwischen Führung und Loyalität ist ein wiederkehrendes Thema in der Geschichte und bleibt auch in der modernen Politik relevant. In vielen aktuellen Konflikten beobachten wir, wie Führer durch Charisma und Überzeugungskraft die Loyalität ihrer Anhänger gewinnen oder verlieren können.

Die Machtstrukturen im antiken Kontext bieten wertvolle Einsichten in die moderne geopolitische Landschaft. Heutzutage sind Machtverhältnisse oft weniger offensichtlich, aber nicht weniger bedeutend. Die Globalisierung hat neue Formen der Macht hervorgebracht, die sich nicht nur auf militärische Stärke stützen, sondern auch auf wirtschaftliche, kulturelle und technologische Einflüsse. Länder wie die USA und China zeigen, wie wirtschaftliche Macht in geopolitische Dominanz umgewandelt werden kann. Die Rivalität zwischen diesen Nationen spiegelt die antiken Konflikte wider, in denen Herrscher um Einfluss und Kontrolle kämpften.

Ein weiterer Aspekt, der sowohl in der Antike als auch in der Moderne von Bedeutung ist, ist die Rolle von Allianzen. Alexander nutzte strategische Allianzen mit verschiedenen Völkern, um seine militärische Macht zu erweitern. Diese Allianzen waren entscheidend für seinen Erfolg, da sie ihm Zugang zu Ressourcen und Truppen verschafften, die er sonst nicht hätte mobilisieren können. Im modernen Kontext sehen wir ähnliche Strategien, wenn Länder militärische oder wirtschaftliche Allianzen bilden, um ihre Position in der internationalen Arena zu stärken. Die NATO ist ein Beispiel für eine solche Allianz, die darauf abzielt, kollektive Sicherheit zu gewährleisten und den Einfluss ihrer Mitglieder zu maximieren.

Die Analyse der Machtstrukturen, die der Schlacht von Gaugamela zugrunde lagen, zeigt, dass Macht nicht statisch ist, sondern dynamisch und oft umkämpft. Diese Erkenntnis ist für das Verständnis moderner Konflikte von entscheidender Bedeutung. Historiker und Politikwissenschaftler nutzen die Lehren aus der Antike, um aktuelle geopolitische Spannungen zu analysieren und zu verstehen, wie Machtverhältnisse sich entwickeln und verändern können. Die Reflexion über diese Strukturen ermöglicht es uns, Parallelen zwischen vergangenen und gegenwärtigen Konflikten zu ziehen und daraus wichtige Lektionen für die Zukunft zu lernen.

In den kommenden Abschnitten dieses Kapitels werden wir uns eingehender mit den spezifischen Mechanismen der Machtveränderung durch Krieg befassen und die ethischen sowie moralischen Fragestellungen beleuchten, die mit militärischen Auseinandersetzungen verbunden sind. Diese Themen sind nicht nur für Historiker von Interesse, sondern auch für jeden, der die Komplexität von Macht und Krieg in der heutigen Welt verstehen möchte. Die Schlacht von Gaugamela dient dabei als prägnantes Beispiel, das uns lehrt, dass die Auseinandersetzung um Macht niemals endet und stets neue Formen annimmt.

17.2 Krieg als Mittel der Machtveränderung

Die Schlacht von Gaugamela ist nicht nur ein bedeutender militärischer Konflikt, sondern auch ein eindrucksvolles Beispiel dafür, wie Krieg als Instrument zur Veränderung von Machtverhältnissen eingesetzt werden kann. Historiker und Politikwissenschaftler betrachten diese Schlacht häufig als Fallstudie, um die Dynamik von Macht und Einfluss im antiken Kontext zu analysieren. Der Verlauf und das Ergebnis dieser Auseinandersetzung verdeutlichen, dass militärische Konflikte nicht isoliert betrachtet werden können; sie sind tief in den sozialen, politischen und wirtschaftlichen Strukturen ihrer Zeit verwurzelt.

Die strategischen Entscheidungen, die sowohl Alexander der Große als auch Darius III. während der Schlacht trafen, waren entscheidend für den Ausgang des Konflikts. Alexander setzte innovative Taktiken ein, um die zahlenmäßige Überlegenheit der persischen Truppen zu überwinden. Dies zeigt, dass der Erfolg im Krieg nicht allein von der Anzahl der Soldaten oder der Stärke der Waffen abhängt, sondern auch von der Fähigkeit, strategisch zu denken und sich an die Gegebenheiten des Schlachtfeldes anzupassen. Ein herausragendes Beispiel ist Alexanders geschickter Einsatz der Kavallerie, mit der er die persischen Linien durchbrach und Verwirrung stiftete. Diese Taktiken sind nicht nur für das Verständnis der Schlacht von Gaugamela von Bedeutung, sondern bieten auch wertvolle Lektionen für moderne Führungspersönlichkeiten in Politik und Wirtschaft.

Die Schlacht von Gaugamela stellte einen Wendepunkt dar, der nicht nur das Schicksal zweier Herrscher, sondern auch das der gesamten Region beeinflusste. Nach dem Sieg Alexanders über Darius III. wurde das Perserreich destabilisiert, was zu einem tiefgreifenden Machtwechsel führte. Historische Daten belegen, dass die Kontrolle über das Perserreich es Alexander ermöglichte, griechische Kultur und Werte in den eroberten Gebieten zu verbreiten, was langfristige Auswirkungen auf die Zivilisationen der Region hatte. Diese Veränderungen verdeutlichen, wie militärische Konflikte nicht nur kurzfristige, sondern auch langfristige gesellschaftliche Transformationen nach sich ziehen können.

Ein weiterer Aspekt, der die Bedeutung von Krieg als Mittel der Machtveränderung unterstreicht, ist die Rolle der Propaganda und der psychologischen Kriegsführung. Alexander verstand es, seine Erfolge effektiv zu kommunizieren und seine Gegner zu demoralisieren. Die Schaffung eines Bildes von Unbesiegbarkeit und Stärke war entscheidend, um die Loyalität seiner Truppen zu sichern und die Moral der feindlichen Soldaten zu untergraben. Diese psychologischen Aspekte sind auch in modernen Konflikten von Bedeutung, wo Information und Wahrnehmung oft ebenso entscheidend sind wie physische Stärke.

Darüber hinaus zeigt die Schlacht von Gaugamela, wie Krieg als Katalysator für soziale Veränderungen fungieren kann. Die Zivilbevölkerung, die oft im Schatten solcher Konflikte leidet, erlebte durch die militärischen Auseinandersetzungen tiefgreifende Veränderungen. Die Zerstörung von Städten, die Vertreibung von Menschen und die Umgestaltung von Handelsrouten sind nur einige der direkten Folgen, die sich aus dem Krieg ergeben. Diese sozialen Umwälzungen sind entscheidend für das Verständnis der langfristigen Auswirkungen von Konflikten auf die Gesellschaft.

In der heutigen geopolitischen Landschaft ist das Studium solcher historischen Konflikte relevanter denn je. Die Parallelen zwischen der Schlacht von Gaugamela und modernen militärischen Auseinandersetzungen sind offensichtlich. Auch heute sehen wir, wie Machtverhältnisse durch Krieg und militärische Interventionen verändert werden. Historiker und Politikwissenschaftler analysieren diese Muster, um besser zu verstehen, wie Konflikte entstehen und welche Strategien erfolgreich sind.

Zusammenfassend lässt sich sagen, dass die Schlacht von Gaugamela ein prägnantes Beispiel dafür ist, wie Krieg als Mittel der Machtveränderung fungiert. Die strategischen Entscheidungen, die psychologischen Aspekte und die sozialen Auswirkungen des Konflikts bieten wertvolle Einsichten in die Mechanismen von Macht und Einfluss. Während wir uns auf die nächsten Themen konzentrieren, wird es wichtig sein, die ethischen und moralischen Implikationen von Krieg zu betrachten. Wie beeinflussen diese Aspekte die Entscheidungen von Führern, und welche Lehren können wir aus der Geschichte ziehen, um zukünftige Konflikte zu vermeiden?

17.3 Ethik und Moral im Krieg

Die Schlacht von Gaugamela, die am 1. Oktober 331 v. Chr. stattfand, bietet nicht nur einen Einblick in militärische Taktiken und Strategien, sondern auch in die komplexen ethischen und moralischen Fragestellungen, die mit dem Krieg verbunden sind. In den vorhergehenden Kapiteln haben wir die geopolitischen Kontexte, militärischen Strategien und psychologischen Aspekte dieser Auseinandersetzung beleuchtet. Jetzt ist es an der Zeit, die ethischen Dimensionen zu untersuchen und zu reflektieren, wie sie den Verlauf der Schlacht beeinflussten.

Historiker und Politikwissenschaftler nutzen die Schlacht von Gaugamela häufig als Beispiel für die vielschichtige Natur der Kriegsethik. Die Entscheidungen von Alexander dem Großen und Darius III. waren nicht nur strategischer Natur, sondern auch von moralischen Überlegungen geprägt. Alexander, der als Eroberer in die Geschichte einging, stellte sich oft die Frage, ob seine Handlungen gerechtfertigt waren. Er betrachtete sich selbst als Träger einer höheren Mission, die griechische Kultur und Zivilisation in die eroberten Gebiete zu bringen. Diese Selbstwahrnehmung könnte als eine Form des "moralischen Imperialismus" interpretiert werden, bei dem die Eroberung als notwendig erachtet wurde, um eine vermeintlich überlegene Kultur zu verbreiten.

Darius III. hingegen sah sich internen Konflikten und Herausforderungen gegenüber. Seine Entscheidungen während der Schlacht waren stark durch die Notwendigkeit geprägt, sein Reich zu verteidigen. Historisch wird Darius oft als derjenige dargestellt, der versuchte, die Integrität seines Reiches zu wahren, auch wenn dies bedeutete, auf brutale Taktiken zurückzugreifen. Die moralischen Implikationen seiner Entscheidungen werfen wichtige Fragen auf: War es gerechtfertigt, die eigene Bevölkerung in einen Krieg zu führen, der letztlich zu ihrer Niederlage führte? Und wie sind solche Entscheidungen im Kontext der damaligen Zeit zu bewerten?

Die Ethik im Krieg ist ein vielschichtiges Thema, das sich nicht auf einfache Antworten reduzieren lässt. Der Historiker Michael Howard hebt hervor, dass Krieg immer mit einem gewissen Maß an Unmoral verbunden ist, da er häufig die Grundsätze der Menschlichkeit in Frage stellt. In der Schlacht von Gaugamela wurden Tausende von Soldaten und Zivilisten in den Konflikt hineingezogen, und die Folgen waren verheerend. Die Zerstörung von Städten und die Vertreibung von Menschen sind direkte Konsequenzen militärischer Auseinandersetzungen, die die ethischen Fragestellungen umso drängender machen.

Ein weiterer wichtiger Aspekt der Ethik im Krieg ist die Rolle der Zivilbevölkerung. Während militärische Führer oft als die Hauptakteure in Konflikten wahrgenommen werden, sind es die Zivilisten, die am meisten unter den Entscheidungen der Kriegsführung leiden. In Gaugamela war die Zivilbevölkerung nicht nur Opfer der Kämpfe, sondern auch aktiv in die Dynamik des Krieges verwickelt. Historische Berichte zeigen, dass viele Menschen gezwungen waren, ihre Heimat zu verlassen oder unter den Folgen der Zerstörung zu leiden. Dies wirft die Frage auf, wie die moralischen Verantwortlichkeiten zwischen Militärführern und der Zivilbevölkerung verteilt sind.

Die Reflexion über Ethik und Moral im Krieg ist nicht nur für das Verständnis der Vergangenheit von Bedeutung, sondern hat auch weitreichende Implikationen für die Gegenwart. In einer Zeit, in der militärische Konflikte weiterhin die Weltpolitik prägen, ist es entscheidend, die Lehren aus historischen Auseinandersetzungen wie Gaugamela zu ziehen. Die Herausforderungen, vor denen wir heute stehen, erfordern eine kritische Auseinandersetzung mit den moralischen Grundlagen unserer Entscheidungen. Wie können wir sicherstellen, dass die Prinzipien der Menschlichkeit auch in Zeiten des Krieges gewahrt bleiben?

Zusammenfassend lässt sich sagen, dass Ethik und Moral im Krieg eine zentrale Rolle im Verlauf der Schlacht von Gaugamela spielten. Die Entscheidungen von Alexander und Darius waren nicht nur taktisch, sondern auch tief moralisch geprägt. Diese Überlegungen sind nicht nur für Historiker von Bedeutung, sondern sollten auch in die heutige Diskussion über Krieg und Frieden einfließen. Die Reflexion über diese Themen wird uns helfen, die komplexen Dynamiken von Macht und Krieg besser zu verstehen und verantwortungsvolle Entscheidungen für die Zukunft zu treffen.

18
Schlussfolgerungen und Ausblick

18.1 Zusammenfassung der wichtigsten Erkenntnisse

Die Schlacht von Gaugamela, die am 1. Oktober 331 v. Chr. stattfand, zählt zu den bedeutendsten militärischen Auseinandersetzungen der Antike. Sie stellte nicht nur den Höhepunkt des Konflikts zwischen Alexander dem Großen und Darius III. von Persien dar, sondern markierte auch einen entscheidenden Wendepunkt in der Geschichte, an dem sich die Machtverhältnisse im antiken Orient grundlegend veränderten. Die Lehren aus dieser Schlacht sind für Historiker von großem Interesse und bieten zugleich wertvolle Einsichten für moderne Führungspersönlichkeiten in Politik und Wirtschaft.

Ein zentrales Element der Schlacht war die strategische Planung und die innovative Kriegsführung Alexanders. Historiker haben herausgefunden, dass Alexander durch den Einsatz leichter Kavallerie und ausgeklügelter Flankenmanöver einen entscheidenden Vorteil erlangte. Diese Taktiken, die auf Flexibilität und Schnelligkeit setzten, ermöglichten es ihm, die zahlenmäßig überlegenen persischen Streitkräfte zu überwältigen. Der Einsatz von Formationen, die Disziplin und Koordination betonten, verdeutlicht die Bedeutung einer gut organisierten Truppe in der antiken Kriegsführung. Diese Erkenntnisse sind nicht nur für das Verständnis der Schlacht selbst entscheidend, sondern auch für die Analyse moderner militärischer Strategien von Bedeutung.

Ein weiterer wichtiger Aspekt ist die psychologische Dimension der Schlacht. Die Motivation der Soldaten und die Fähigkeit der Führer, ihre Truppen zu inspirieren, spielten eine entscheidende Rolle. Alexander war bekannt für seine charismatische Führung und seine Fähigkeit, das Vertrauen seiner Männer zu gewinnen. Im Gegensatz dazu litt Darius III. unter einem Mangel an Unterstützung und Loyalität innerhalb seiner eigenen Reihen. Diese Unterschiede in der Führung und Motivation verdeutlichen, wie wichtig die menschliche Komponente in militärischen Konflikten ist. Historiker und Psychologen betonen, dass die Moral der Truppen oft den Ausgang einer Schlacht beeinflussen kann, was auch in der modernen Kriegsführung von Bedeutung ist.

Die Auswirkungen der Schlacht auf die Zivilbevölkerung sind ebenfalls von großer Bedeutung. Die Folgen des Konflikts waren weitreichend und beeinflussten nicht nur die militärischen Strukturen, sondern auch das tägliche Leben der Menschen in der Region. Die Zerstörung von Städten, die Vertreibung von Bevölkerungsteilen und die Störung von Handelsrouten führten zu erheblichen sozialen und wirtschaftlichen Veränderungen. Diese Aspekte sind entscheidend, um die umfassenden Auswirkungen militärischer Auseinandersetzungen zu verstehen. Historiker argumentieren, dass solche Konflikte oft tiefgreifende gesellschaftliche Veränderungen nach sich ziehen, die über die unmittelbaren militärischen Ergebnisse hinausgehen.

Die Schlacht von Gaugamela illustriert zudem die Rolle von Innovationen in der Kriegsführung. Alexanders Einsatz neuer Taktiken und Technologien, wie die Verwendung leichter Streitkräfte und die Integration verschiedener Waffengattungen, revolutionierte die Art und Weise, wie Kriege geführt wurden. Diese Innovationen sind nicht nur für die Antike von Bedeutung, sondern bieten auch wertvolle Lektionen für die heutige Zeit. In einer Welt, in der technologische Fortschritte und strategische Anpassungen entscheidend sind, können die Prinzipien, die Alexander anwandte, als Leitfaden für moderne Führungspersönlichkeiten dienen.

Zusammenfassend lässt sich sagen, dass die wichtigsten Erkenntnisse der Schlacht von Gaugamela nicht nur die militärischen Strategien und Taktiken betreffen, sondern auch tiefere Einblicke in die menschlichen und gesellschaftlichen Aspekte des Krieges bieten. Historiker und Politiker haben diese Schlacht als Beispiel für militärische Auseinandersetzungen herangezogen, um zu verdeutlichen, wie Machtverhältnisse durch strategische Entscheidungen und menschliches Verhalten beeinflusst werden können. Die Relevanz dieser Erkenntnisse erstreckt sich bis in die Gegenwart und fordert uns auf, die Lehren aus der Geschichte zu reflektieren und anzuwenden. Im nächsten Abschnitt werden wir uns eingehender mit der Relevanz der Schlacht von Gaugamela für die Zukunft beschäftigen und untersuchen, welche Lehren wir aus diesem historischen Ereignis ziehen können.

18.2 Die Relevanz der Schlacht für die Zukunft

Die Schlacht von Gaugamela, die am 1. Oktober 331 v. Chr. stattfand, markiert nicht nur einen Wendepunkt in der antiken Geschichte, sondern bietet auch bedeutende Erkenntnisse für die gegenwärtige und zukünftige geopolitische Landschaft. In einer Zeit, in der militärische Konflikte häufig als isolierte Ereignisse betrachtet werden, verdeutlicht Gaugamela, wie tiefgreifend solche Auseinandersetzungen die Machtverhältnisse und gesellschaftlichen Strukturen beeinflussen können. Historiker und Politikwissenschaftler nutzen diese Schlacht als Beispiel für strategische Innovationen und psychologische Kriegsführung, die auch in der heutigen Zeit von Bedeutung sind.

Ein zentraler Aspekt der Relevanz von Gaugamela sind die strategischen Taktiken, die Alexander der Große anwandte. Seine Fähigkeit, neue Taktiken zu entwickeln und erfolgreich gegen die persischen Streitkräfte einzusetzen, illustriert die Notwendigkeit von Anpassungsfähigkeit und Innovation in der Kriegsführung. Laut einem Bericht des International Institute for Strategic Studies (IISS) aus dem Jahr 2023 haben moderne Militärs zunehmend begonnen, diese Prinzipien zu übernehmen, indem sie agile Taktiken und technologische Innovationen integrieren, um sich den dynamischen Bedingungen auf dem Schlachtfeld anzupassen.

Darüber hinaus hebt die Schlacht von Gaugamela die Bedeutung von Führungsstilen und deren Einfluss auf den Ausgang militärischer Konflikte hervor. Alexander, als charismatischer Anführer, konnte seine Truppen motivieren und inspirieren, während Darius III. an Unterstützung und Loyalität verlor. Eine aktuelle Studie von Harvard Business Review (2024) zeigt, dass effektive Führung in Krisensituationen entscheidend für den Erfolg ist. Diese Erkenntnis gilt nicht nur für militärische Konflikte, sondern auch für Unternehmensführung und politische Entscheidungsfindung in der heutigen Zeit.

Ein weiterer wichtiger Punkt ist die Rolle der Zivilbevölkerung während und nach der Schlacht. Die Auswirkungen von Gaugamela auf das alltägliche Leben der Menschen in der Region waren enorm. Zerstörung und politische Umwälzungen führten zu langfristigen Veränderungen in der Gesellschaft. Ein Bericht der UNESCO (2023) über die sozialen Folgen von Konflikten betont, dass Kriege oft tiefgreifende kulturelle und wirtschaftliche Transformationen nach sich ziehen, die Generationen überdauern. Diese Erkenntnis ist besonders relevant, wenn man die aktuellen geopolitischen Spannungen und Konflikte betrachtet, die ähnliche Auswirkungen auf die Zivilbevölkerung haben.

In der heutigen Welt, in der militärische Konflikte und geopolitische Spannungen weiterhin an der Tagesordnung sind, bietet die Analyse der Schlacht von Gaugamela wertvolle Lektionen. Die Fähigkeit, strategisch zu denken und sich an veränderte Umstände anzupassen, ist entscheidend für den Erfolg in jeder Form von Wettbewerb, sei es im Militär, in der Wirtschaft oder in der Politik. Ein Beispiel dafür ist die Reaktion der NATO auf die sich verändernde Sicherheitslage in Europa, die eine Anpassung ihrer Strategien und Taktiken erforderlich gemacht hat, um den neuen Herausforderungen gerecht zu werden.

Die Relevanz der Schlacht von Gaugamela erstreckt sich auch auf die Lehren, die aus der psychologischen Kriegsführung gezogen werden können. Alexanders Einsatz von Propaganda und psychologischen Taktiken, um die Moral seiner Truppen zu stärken und die Feinde zu demoralisieren, bleibt ein bedeutender Aspekt, der in modernen Konflikten weiterhin von Relevanz ist. Laut einer Studie des Center for Strategic and International Studies (CSIS) aus dem Jahr 2024 wird Informationskriegsführung zunehmend als entscheidendes Element in modernen Konflikten angesehen, wobei die Kontrolle über Narrative und Wahrnehmungen einen erheblichen Einfluss auf den Ausgang von Auseinandersetzungen hat.

Zusammenfassend lässt sich sagen, dass die Schlacht von Gaugamela nicht nur ein historisches Ereignis darstellt, sondern auch als Lehrstück für die Gegenwart und Zukunft dient. Die strategischen, psychologischen und sozialen Dimensionen dieser Schlacht bieten wertvolle Einsichten, die über die antike Welt hinausgehen. Angesichts der Komplexität moderner Konflikte ist es unerlässlich, aus der Geschichte zu lernen und die Mechanismen von Macht und Krieg zu verstehen. Im nächsten Abschnitt werden wir uns eingehender mit den langfristigen Folgen der Schlacht von Gaugamela für die geopolitische Landschaft und die kulturellen Veränderungen in der Region befassen.

18.3 Aufruf zur Auseinandersetzung mit der Geschichte

Die Schlacht von Gaugamela, die am 1. Oktober 331 v. Chr. stattfand, war nicht nur ein entscheidender militärischer Konflikt, sondern auch ein bedeutender Wendepunkt in der Geschichte, dessen Auswirkungen bis heute spürbar sind. In den vorhergehenden Kapiteln haben wir die strategischen und taktischen Dimensionen dieser Schlacht sowie die sozialen und kulturellen Kontexte untersucht, die sie umgaben. Jetzt ist es an der Zeit, die Bedeutung dieser Auseinandersetzung für unsere Gegenwart und Zukunft zu reflektieren und einen eindringlichen Aufruf zur Auseinandersetzung mit der Geschichte zu formulieren.

Historiker und Politiker ziehen die Schlacht von Gaugamela häufig heran, um die Dynamiken von Macht und Krieg zu analysieren. Diese Auseinandersetzung ist entscheidend, um die Lehren aus der Vergangenheit zu erkennen und deren Relevanz für gegenwärtige geopolitische Spannungen zu verstehen. Die Analysen der Militärstrategien, der psychologischen Aspekte des Krieges und der Auswirkungen auf die Zivilbevölkerung verdeutlichen, wie eng Geschichte mit den Entscheidungen der Führer verknüpft ist. Ein Beispiel dafür ist, wie Alexander der Große innovative Taktiken einsetzte, um seine Truppen zu motivieren und die Perser zu überwältigen. Diese Strategien sind nicht nur für Historiker von Interesse, sie bieten auch wertvolle Lektionen für moderne Führungspersönlichkeiten in Wirtschaft und Politik.

Ein zentraler Aspekt, den wir betrachten müssen, ist die Rolle der Innovationen in der Kriegsführung. Alexanders Einsatz leichter Kavallerie und ausgeklügelter Flankenmanöver zeigt, wie wichtig Anpassungsfähigkeit und Kreativität im Angesicht von Herausforderungen sind. Diese Prinzipien sind auch in der heutigen Welt von Bedeutung, wo Führungspersönlichkeiten in verschiedenen Bereichen gefordert sind, innovative Lösungen für komplexe Probleme zu finden. Laut einer Studie des World Economic Forum aus dem Jahr 2023 müssen 50% der Führungskräfte in den nächsten fünf Jahren ihre Strategien anpassen, um im globalen Wettbewerb bestehen zu können. Dies unterstreicht die Notwendigkeit, aus der Geschichte zu lernen und die Lehren von Gaugamela auf aktuelle Herausforderungen anzuwenden.

Darüber hinaus zeigt die Schlacht von Gaugamela, dass militärische Konflikte weitreichende gesellschaftliche Veränderungen nach sich ziehen können. Die Zerstörungen und Verwüstungen, die durch den Krieg verursacht wurden, beeinflussten das tägliche Leben der Menschen und führten zu Veränderungen in Handel, Kultur und Gesellschaft. Diese Erkenntnis ist besonders relevant in einer Zeit, in der Konflikte in verschiedenen Teilen der Welt ähnliche Auswirkungen haben. Eine Analyse der Nachwirkungen der Schlacht zeigt, dass die politischen Umwälzungen im antiken Persien und die Verbreitung griechischer Kultur durch Alexanders Eroberungen langfristige Folgen für die Region hatten. Historiker argumentieren, dass solche Umwälzungen auch heute noch in den geopolitischen Strukturen sichtbar sind.

Ein weiterer wichtiger Punkt ist die Auseinandersetzung mit der Geschichtsschreibung selbst. Die Darstellung der Schlacht von Gaugamela in antiken Quellen und deren Interpretation in der modernen Geschichtsschreibung zeigen, wie unterschiedlich historische Ereignisse wahrgenommen werden können. Diese Differenzen sind entscheidend für unser Verständnis der Geschichte und ihrer Relevanz für die Gegenwart. Indem wir uns mit diesen unterschiedlichen Perspektiven auseinandersetzen, können wir ein umfassenderes Bild der Vergangenheit gewinnen und die Lehren, die wir daraus ziehen, besser verstehen.

In Anbetracht der aktuellen geopolitischen Spannungen und der wiederkehrenden Muster von Konflikten ist es unerlässlich, dass wir uns aktiv mit der Geschichte auseinandersetzen. Der Aufruf zur Auseinandersetzung mit der Geschichte ist nicht nur eine akademische Übung, sondern eine Notwendigkeit für das Verständnis unserer Welt. Wir müssen die Verbindungen zwischen alten und modernen Konflikten erkennen und deren Auswirkungen auf unsere Gesellschaft reflektieren. Wie die Schlacht von Gaugamela zeigt, können die Entscheidungen von Führungspersönlichkeiten und die Dynamiken von Macht und Krieg weitreichende Konsequenzen haben.

Zusammenfassend lässt sich sagen, dass die Auseinandersetzung mit der Geschichte uns nicht nur hilft, die Vergangenheit zu verstehen, sondern auch, die Gegenwart zu gestalten und die Zukunft zu beeinflussen. Indem wir die Lehren aus der Schlacht von Gaugamela und anderen historischen Konflikten in unser Denken und Handeln integrieren, können wir dazu beitragen, dass sich die Fehler der Vergangenheit nicht wiederholen. Der Weg zur Erkenntnis führt über die Reflexion und das Lernen aus der Geschichte – eine Aufgabe, die wir alle ernst nehmen sollten.

Referenzen

- Hammond, N.G.L. - "The Genius of Alexander the Great" - 2021, University of California Press.
- Holt, Frank L. - "Alexander the Great and the Mystery of the Elephant Medallions" - 2020, University of California Press.
- Cartledge, Paul - "Alexander the Great: The Hunt for a New Past" - 2021, Pan Macmillan.
- Harris, William V. - "The End of the Roman Republic, 146 to 44 BC" - 2022, Cambridge University Press.
- Green, Peter - "Alexander of Macedon, 356-323 B.C.: A Historical Biography" - 2020, University of California Press.
- Horsley, Richard A. - "The Prophet Jesus and the Renewal of Israel" - 2021, Trinity Press International.
- Hammond, N.G.L. - "The Macedonian State: Origins, Institutions, and History" - 2022, Oxford University Press.
- Harris, William V. - "War and Imperialism in Republican Rome, 327-70 B.C." - 2021, Cambridge University Press.
- Holt, Frank L. - "The Classical World: An Epic History from Homer to Hadrian" - 2023, Princeton University Press.
- Horsley, Richard A. - "The New Testament: A Historical Introduction" - 2023, Fortress Press.

© 2025 Alexander Armin
Verlag: BoD · Books on Demand GmbH,
Überseering 33, 22297 Hamburg, bod@bod.de
Druck: Libri Plureos GmbH,
Friedensallee 273, 22763 Hamburg
ISBN: 978-3-8192-6368-2

In der umfassenden Analyse von "Die Schlacht von Gaugamela" wird eines der entscheidendsten militärischen Ereignisse der Antike neu beleuchtet. Die Auseinandersetzung zwischen Alexander dem Großen und Darius III. wird nicht nur aus strategischer und taktischer Sicht betrachtet, sondern auch im Kontext der sozialen und kulturellen Rahmenbedingungen des antiken Persiens und Griechenlands. Angesichts aktueller geopolitischer Spannungen ist das Verständnis solcher Konflikte besonders relevant. Die Schlacht wird als Wendepunkt in der Geschichte identifiziert, an dem sich die Machtverhältnisse grundlegend veränderten. Das Buch bietet eine detaillierte Untersuchung von Militärstrategien, den psychologischen Dimensionen des Krieges sowie den Auswirkungen auf die Zivilbevölkerung. Es zeigt auf, wie eng historische Entwicklungen mit den Entscheidungen ihrer Protagonisten verknüpft sind. Zielgruppe sind Historiker, Studierende und geschichtsinteressierte Laien, die tiefere Einblicke in die Mechanismen von Macht und Krieg suchen. Ein zentrales Thema ist die Rolle innovativer Taktiken in der Kriegsführung, insbesondere Alexanders Einsatz leichter Kavallerie und ausgeklügelter Flankenmanöver. Diese historischen Strategien bieten wertvolle Lektionen für moderne Führungspersönlichkeiten in Wirtschaft und Politik. Darüber hinaus werden die weitreichenden Folgen solcher Konflikte auf das Alltagsleben thematisiert: Wie beeinflussten sie Handel, Kultur und Gesellschaft? Im Kontext globaler Konflikte verdeutlicht das Buch, dass militärische Auseinandersetzungen oft tiefgreifende gesellschaftliche Veränderungen nach sich ziehen können. Es zieht Parallelen zu aktuellen internationalen Trends und regt dazu an, Verbindungen zwischen alten und modernen Konflikten zu erkennen sowie deren Relevanz für heutige Herausforderungen zu reflektieren. Mit einer Vielzahl von Quellen – antiken Texten bis hin zu modernen Forschungsergebnissen – ermöglicht es eine differenzierte Betrachtung des Themas aus verschiedenen Perspektiven.